다시 만난 사랑

다시 만난 사랑

Un amour retrouvé

베로니크 드 뷔르 지음 | 이세진 옮김

청미

나의 아들 에르완과 티티앵에게

나의 오빠 에리크와 그자비에에게

모니크, 베네딕트, 엘리자베트, 오딜, 베로니크에게

1996년 7월

계단 위 엄마 방문 밑으로 빛이 새어 나오는 것을 보았어요. 그건 우리 둘만의 비밀 신호지요. 불이 켜져 있으면 들어가서 안녕히 주무세요, 인사를 해도 좋다는 신호. 불이 꺼져 있으면 이미 잠자리에 들었으니 내일 아침에 안녕히 주무셨느냐고 인사해야 한다는 신호. 자정이 넘었으니 오늘은 아니고 내일이라고 하기도 뭐한 시각인데 불이 켜져 있더군요. 살짝 문을 두드린 후 대답을 기다리지 않고 들어갔어요.

엄마는 누워 있었어요. 아니, 완전히 누워 있는 건 아니었지요. 등을 대고 누워 있지는 않았어요. 베개를 등에 받치고 고개를 오른쪽으로 돌린 채 발은 주름진 홑이불 아래 넣고 두 손을 파란 이불 위에 축 늘어뜨리고 있었지요. 무슨 일이 있었던 게 틀림없어요. 그렇지 않고서야 그렇게 팔을 맥없이 축 늘어뜨리고 있을 리가요.

직장에서 하루 일을 마치고 세 시간 넘게 운전을 해서 다소 녹초가 되어 있던 나는 놀라서 엄마를 바라보았어요. 엄마는 열 살은 젊어진 것 같았어요. 이슥한 밤이 무색하게 엄마 눈은 별처럼 초롱초롱했어요. 방 안은 서늘했어요. 엄마는 밤마다 창문을 걸쇠를 걸고 살짝 열어두잖아요. 나는 한기가 느껴져서 옷자락을 여몄어요. 졸리기도 했고요. 망사보다 조금 도톰할까 말까 한, 가는 끈이 달린 연분홍 잠옷을 입은 엄마는 한창 봄에 잠겨 있었지만요.

나의 시선이 엄마 무릎을 덮은 아마 홑이불에 머물렀어요. 안경 옆에 하늘색 봉투와 편지지가 흩어져 있었어요. 옛날식 편지지 석 장에 감색(紺色) 잉크로 써 내려간 작은 글씨가 빼곡했어요.

"안녕, 엄마, 아직 안 잤어요?"

"나한테 희한한 일이 일어났지 뭐니."

나는 피곤했어요. 바로 자러 가고 싶었지요. 파리에서부터 먼 길을 오느라 진이 빠졌으니까요. 나는 엄마 나이도 잊고 이렇게 생각했어요. '사랑이네, 사랑이야.' 그래서 침대에 걸터앉았어요.

왜 그런 생각을 했는지는 모르겠어요.

나는 항상 엄마가 누군가를 다시 만날 거라고 생각했던 것 같아요. 어쩌면 내 마음 깊은 곳에서 엄마를 위해 바랐던 일인지도 몰라요. 나는 원하는 것을 실현하고야 마는 습관이 있었지요. 뭐든지, 언제나, 내 뜻대로 하는 게 익숙해요. 나중에 엄마는 뭐든 내 마음대로 하고야 만다고 힐책하기도 했지만요.

어쩌면 아빠가 자주 말했기 때문일지도 몰라요. 아빠는 걸핏하면 "혹시 당신이 먼저 가거든……"으로 운을 떼며 멀쩡히 살아 있는 엄마를 일주일에 스무 번도 넘게 골로 보냈지만 정작 자기 말을 한마디도 믿지 않는 것 같았어요. 게다가 얼마나 말도 안 되는 계획을 늘어놓았나요. "나는 마른 빵과 물만 먹고 사는 수도사가 될 거야"라는 둥, 아침마다 엄마의 어지러운 영혼을 위해 기도를 올리는 구도자의 삶을 살겠다는 둥. 아빠는 자기가 홀로 남을 경우에 골몰했고 엄마가 홀로 남을 경우도 생각해보았어요. 아빠는 엄마가 수녀처럼 살 리 없고 갑자기 과부가 되면 오래잖아 누군가를 만날 거라고 했지요. 아빠가 엄마에게 그런 말을 하는 걸 너무 자주 들어서 나도 당연히 그렇게 생각했나 봐요. 아빠가 농담 삼아 자기 '동창들' 중에서 적임자를 물색했던 게 기억이 나요. 아빠가 거론한 사람들을 엄마는 시큰둥해했지요. 그 남자들은 재미있지도 않았고, 잘생기지도 않았고, 아주 친절하긴 하지만 따분하기 그지없었지요. 엄마는 그 남자들을 만나느니 차라리 고독이 낫다고 생각했을 거예요.

아빠가 2월의 어느 아침 느닷없이 세상을 떠나자 엄마는 무너져 내렸지요. 아빠는 엄마 옆에서, 엄마한테 딱 붙어서, 우리가 한밤중에 이렇게 앉아 있는 바로 이 침대에서 세상을 떠났어요. 50년을 같이 살고 나면 서로 끈끈해지거나 미워 죽겠거나 둘 중 하나래요. 엄마와 아빠 사이는 끈끈했어요. 얌전하고 웅숭깊은 애착, 진실하지만 뜨겁지는 않은, 저물어가는 생의 정으로 끈끈했어요.

그래서 아빠가 돌아가신 후 엄마가 그렇게 오래 혼자 사실 줄은 나 역시 몰랐어요.

엄마의 일흔 번째 생일잔치를 한 지 얼마 되지 않은 때였지요. 온 가족이 파리 집에서 모였었지요. 그날 찍은 필름을 현상소에 맡기고 일주일 후 찾아왔는데 사진 속의 아빠가 너무 지쳐 보였어요. 아빠는 창백하고 수척했어요. 눈에 초점이 없고 살이 너무 빠져서 헐렁한 회색 트위드 재킷 속에서 헤엄치는 것 같았어요. 죽음이 조금 미리 얼굴에 새겨진다는 말이 있잖아요. 나는 지금도 그 사진을 볼 때마다 그 생각이 나요. 식구들이 다 함께 찍은 사진인데 엄마는 환하게 빛나고 아빠는 이미 딴 세상 사람인 것처럼 해쓱해요. 엄마와 아빠가 본가로 돌아가고 사흘 후, 아빠는 아침에 일어나면서 숨을 제대로 못 쉬었어요. 엄마는 기절할 듯 놀라서 주치의에게 전화를 먼저 걸고 응급 구조대를 불렀지요. 35킬로미터 거리밖에 안 되건만 구급차는 도로 표지판도 제대로 없는 시골길에서 길을 찾지 못하고 엄마에게 다시 전화를 걸었어요. 엄마는 미치는 줄 알았고 아빠는 몸을 움찔거리면서 "나 죽는다, 나 죽어……"라고 신음했어요. 그러다 그 말조차 끊어졌고 아빠의 호흡이 서서히 느려지다가 끝내 멎어버렸어요. 우리 집 주치의가 도착해서 사망을 확인했고 길을 잃은 구급차는 그냥 되돌아갔어요.

그 후에도 산 사람은 살아야 했어요. 엄마가 너무 가슴 아파하고 외로워할까 봐 겁이 났어요. 우리 앞에서 밝은 척 애쓰긴 했지만 엄마의 삶은 기쁨보다는 의무에 가까웠지요. 주위에서 일어나는 일들이 다 엄마를 그냥 스쳐 지나는 것 같았다고나 할까, 즐거움도 괴로움도 속까지 파고들지 못하고 거죽만 건드리고 가는 것 같았어요. 이제 아무것도 엄마에게 정말로 가닿지 못하는 것 같았어요. 나는 아팠어요. 아빠는 저세상으로 영원히 떠났고 엄마는 여전히 여기 있긴 했지만 정말로 살아 있는 것 같지 않았어요. 나는 고아였어요.

　엄마는 다시 살아나기까지 시간이 좀 걸렸고, 나는 진심으로 걱정이 되었어요. 그렇지만 엄마는 다시 배웠어요. 일상의 몸짓들을, 금방이라도 눈물 흘릴 것 같은 서글픈 미소를. 삶이 서서히 엄마에게 돌아왔어요. 완전히 예전 같진 않았지만, 사실 어

뚱게 그것까지 바라겠어요. 이제 둘이 아니라 하나인데, 엄마가
스무 살 꽃띠도 아닌데 어쩌겠어요. 엄마는 약간 무리하면서,
소식을 묻고, 흥미 있는 척하지요. 가끔은 저녁에 심하게 우울
할 때면 짭짤한 비스킷 조각을 곁들여 뮈스카 포도주를 홀짝
홀짝 마시기도 하지만요. 엄마의 파란 눈은 색이 흐려졌고, 점
점 더 자주 부예지고 잿빛으로 변했어요. 그렇게 시간을 알뜰
하게 쓰던 엄마가, 이제 그날그날 흘러가는 대로 시간을 늦추
려는 노력도 없이 손을 놓고 있어요. 시간이 흐르면서 엄마를
다른 곳으로 데려갔고, 때로는 엄마도 그걸 내심 바라는 것 같
지요. 나한테는 괜찮아, 괜찮아, 했지만 엄마가 미소를 지으면
서 보일 듯 말 듯 살짝 어깨를 으쓱하면 나는 가슴이 아파요.
엄마는 참 고와요.

　이따금 내가 짓궂게 놀리지요. 히죽거리면서 엄마 재혼할 거
냐고 물어봐요. 엄마는 기가 차다는 듯 하늘을 쳐다보고 말하
지요. "애, 지금 세상 편하고 좋다, 남자를 데려다 뭐에 쓰니?"
끼니마다 밥 차려 먹이는 "취사 당번"이나 하라는 거냐, 라는
말도 덧붙이지요. 그래서 내가 개를 키우면 어떻겠느냐고 묻기
도 하지요. 다정하고 온기가 느껴지는 반려동물, 하루 두 번 사
료만 채워주면 되니 그라탱 도피누아*나 아시 파르망티에**를
만드는 것보다 훨씬 빠르고 간편하잖아요. 엄마는 또 하늘을

처다보지요. 일단, 엄마는 개를 별로 좋아하지 않아요. 그리고 엄마가 집을 비울 때는 누가 개를 돌보겠어요? 엄마는 개도, 남자도 거추장스럽다고 해요. 어느 쪽도 원치 않는다고 하지요. 개줄도 싫다, 매이는 것도 싫다.

그렇지만 한때 남자가, 그 지역에 '괜찮은 남자'가 있었잖아요. 엄마는 친구분들과 어울려 도시까지 가서 그분이 하는 고대 이집트 강연을 들었지요. 인품도 좋고 교양이 있는 분이어서 아내와 사별한 후로 꽤 많은 과부가 그분께 눈독을 들였던 것으로 알아요. 30년 지기 친구들이 졸지에 남자 하나 때문에 사이가 틀어졌지요. 좋은 남자도 결국은 지칠 대로 지쳐서 다른 지역 여자와 재혼을 했어요. 연적이었던 친구들은 한마음 한뜻으로 분통을 터뜨리면서 다시 화해했어요. 엄마는 아무하고도 화해할 필요가 없었지요. 엄마가 나에게 그분 얘기를 할 때 엄마의 눈빛에서 뭔지 모를 아른거림을 느끼긴 했지만 엄마는 그런 일에 끼지 않았고 과부 생활을 영원히 끌고 가기로 작정한 사람 같았어요.

엄마는 늘 남자들에게 인기가 있었지요. 아빠가 질투를 전혀

---

* 그라탱 도피누아 : 프랑스 남동부 도피네 지방의 전통적인 감자 그라탱.

** 아시 파르망티에 : 다진 쇠고기와 감자 퓌레로 만드는 그라탱의 한 종류.

하지 않아서 엄마는 약이 올랐지요. 아빠는 조금이라도 틈이 보이면 엄마를 다른 남자 품으로 떠밀고 싶은 사람 같았어요. 아빠는 엄마를 자랑스러워했어요. 엄마가 매력적인 여자라서요. 아빠는 자기하고 있을 때는 별로 웃지 않는 엄마가 다른 사람들과 쾌활하게 웃는 걸 좋아했어요. 엄마는 아빠 옆에서 때때로 따분해하는 것처럼 보였어요.

아빠가 있을 때 엄마는 다른 누구도 원하지 않았어요. 엄마는 자신 있게 몇 번이나 말했지만 나는 그 말을 믿기 어려웠어요. 보세요, 엄마, 일흔세 살인데도, 감정 기복이 좀 있긴 하지만, 흉하고 추레하게 늙는다는 게 다 남의 이야기잖아요. 엄마는 아직도 아가씨처럼 목소리가 낭랑하고 비록 눈동자가 조금 잿빛으로 흐려졌지만 여전히 반짝반짝한걸요. 엄마는 운이 좋은 사람이에요. 엄마는 싹싹하면서도 우아하지요. 재치도 있고, 딱 보기에 온화한 호감형이고, 부담스럽지 않은 애교도 살짝 부릴 줄 알고요. 엄마는 혼자살이를 힘들어하는 홀아비들이 충분히 마음에 품을 법한 사람이에요.

그날 밤이 오기 전까지는 엄마의 옆지기가 될 그 누군가를, 부르보네 촌구석에서 보내는 엄마의 말년을 즐겁게 해줄 엄마 연배의 '괜찮은 남자'를 상상하며 즐거워했어요. 그랬으면 일이 얼마나 쉬웠겠어요. 그런데 엄마 인생에 갑자기 들이닥친 남자는 400킬로미터도 더 떨어진 곳에 살고 있어요. 여기서 먼 곳, 지금으로부터 아주 먼 시절의 사람이지요. 왜 갑자기 잠수를 타버렸는지 엄마가 내내 궁금해했던 바로 그 남자가 52년의 침묵을 깨고 다시 나타난 거예요.

그 남자는 엄마의 첫사랑이지요.

그자비에. 엄마의 과거 남자 친구 이름은 옛날 그 시절의 이름만은 아니었어요. 그자비에는 둘째 오빠 이름이잖아요. 엄마는 우연이라고 하겠지요.

그자비에 드 L. 그래요, 엄마의 스무 살 때 남자 친구도 엄마처럼 성 앞에 소사* 가 붙어요. 그때는 끼리끼리만 어울렸지요. 같은 출신, 같은 언어, 같은 몸짓, 그래도 결국은 헤어졌지만요.

파리, 전쟁이 막 끝난 때였어요. 주프루아 거리, 부르주아다운 아파트에서 엄마는 부모님과 점심을 먹었지요. 그때가 그 남자와의 마지막이었어요. 그는 엄마의 손을 살짝 잡으면서 미소를 지었고 엄마에게 약속을 했어요. 그러고는 소식이 뚝 끊겼

---

* 소사: 성 앞에 붙여 귀족 출신임을 나타내는 '드(de)'를 가리킨다.

지요. 다들 놀랐어요. 그리고 그 이야기를 피했어요. 속상한 일은 입 밖으로 내지 않는 집안이었으니까요. 그 후로 자존심에 상처를 입은 엄마는 실망 어린 침묵 속에서 벽을 쳤어요. 엄마는 믿었어요. 엄마는 그 남자를 사랑하고 그 남자는 엄마와 결혼할 거라고요. 며칠이 몇 주, 몇 달이 되면서 희망은 야금야금 털리고 원망은 불어났지요. 나중에 소문이 돌았어요. 잔인한 소문이었어요. 그 남자가 다른 여자, 그것도 아주 부잣집 딸과 결혼했다고 했지요. 누가 해준 말로는 그랬어요.

얼마 지나지 않아 엄마는 한 해의 마지막 날을 기념하는 친구네 집 파티에서 아빠를 만났어요. 아빠는 초콜릿 무스를 만드는 엄마 옆에서 일손을 거들었고, 엄마는 그런 아빠를 눈여겨보고 재미있어했어요. 아빠는 그렇게 잘생긴 편도 아니었고 길쭉하고 빼빼 마른 몸에 머리가 너무 작아서 이상해 보였어요. 아빠는 곧바로 엄마에게 다시 만나고 싶다고 했어요. 엄마는 함께 춤추러 다니는 친구들이 있는데 아빠도 그 모임에 들어오라고 했고요. 일 년 후, 엄마와 아빠는 부부가 되었어요.

엄마가 그분 이야기를 얼마나 자주 했는데요.

어릴 적부터 엄마하고 나는 서로 못 할 이야기 없이 속을 터놓고 지냈지요. 엄마가 행복했던 일, 상처받았던 일, 나는 다 안다고 생각해요. 아니, 적어도 꽤 안다고 생각해요. 나 역시 내가 살면서 겪었던 소소한 기쁨이나 번민을 엄마에게 조금도 숨기지 않았어요. 나는 늘 거울을 들여다보듯 엄마 안에서 나를 봐요. 오랫동안, 나도 나중에는 엄마처럼 되겠구나 생각했어요. 나이를 좀 먹으면 나도 엄마처럼 머리를 자르고 '세팅'을 하겠구나, 미용실에서 새치를 염색하겠구나, 결혼을 하겠구나, 아이를 낳겠구나, 한 가정의 어머니로서 규칙적이고 건실한 삶을 살겠구나. 나중에는 나도 엄마처럼 품행이 방정한 여자가 되겠구나 생각했어요. 그런데 꼭 그렇게 되지만은 않았어요. 시간이 흐르면서 나는 나 자신이 되었지요. 나는 나이고 엄마가 아니라는 것을 깨달으면서요. 우리의 융합이 영원하지 않다는 것을 깨달으면서요.

나의 첫 세포가 출현한 그 순간부터 우리 모녀는 줄곧 융합적이었어요. 애가 얼마나 엄마 배 속이 편안했으면 출산일에도 나오지 않으려고 그랬겠어요. 나는 다리부터 세상에 나왔어요. 역아(逆兒)로 태어났지요.

14년간 아빠와 엄마는 아들 둘을 키우는 행복한 부모였어요. 내가 태어났을 때는 외동딸의 부모와 다름없었고요. 나의 가장 오래된 기억에도 오빠들은 없어요. 물론 오빠들은 잘 지내고 있었지만 이미 집을 떠나 다른 곳에서 생활하고 있었지요. 나는 오빠들을 집에 가끔 와서 아이와 재미나게 놀아주는 삼촌 대하듯 우러러보았어요. 평소에는 아빠, 엄마, 나만 있었지요. 그리고 금세 주로 엄마하고만 죽이 맞아 지내게 됐고요.

나는 귀여움을 독차지한 아이였어요. 모두가 어린 나를 싸고돌며 내가 원하는 대로 해주려고 했지요. 오빠들은 처음에 엄마가 그 나이에 임신했다는 사실을 민망해했지만 볼이 통통한 인형 같은 아기가 태어나자 못 말리는 동생 바보가 되었어요. 인형이 삐쩍 마른 청소년이 되자 장난삼아 "부은 애"라고 놀렸고, 그 청소년이 마침내 자기중심적인 어른이 되자 아주 성가셔했지요.

"우리 딸한테 무슨 일이 일어나면 엄마는 못 살아." 엄마는 나한테 자주 그렇게 말했어요. 어릴 때는 나도 그렇게 생각했어요. 엄마와 나는 서로가 없으면 안 되는 사이였어요. 아빠는 왜 아니었을까요? 아빠는 얼굴 보기도 힘들었어요. 우리가 서로 좋아 지내는 동안 아빠는 일을 했으니까요. 우리의 생활비와 여름·겨울 휴가 비용을 버는 사람은 아빠였으니까요. 아빠는 자주 말했어요. "나는 돈 내줄 때만 필요한 사람이지, 그래." 아빠는 푸념하는 척했지만 실은 모녀가 서로 죽고 못 사는 걸 좋아했어요. 나는 커서 생각해본 적이 있어요. 아빠가 우리 때문에 속이 상하셨을까? 따돌림당하는 기분이었을까? 그 시절에야 그런 생각을 해보지 않았지요. 난 그럴 만한 나이가 아니었고 엄만 더는 그럴 나이가 아니었지요. 엄마와 나는 생각이 일치했어요. 하나의 의식을 둘이 공유했다고나 할까, 거의 그런 식이었지요.

내가 태어나면서 엄마의 삶은 아주 별난 건 없어도 한결 밝아졌어요. 잔잔하지만 행복한 주부의 일상, 밥하고 뜨개질하고 브리지 게임도 하고 테니스도 치는 생활이었지요. 아빠는 저녁 늦게까지 거실 옆 서재에서 일에 몰두했고 우리는 텔레비전을 틀어놓고 아빠가 "재미도 없는 연속극"이라고 하는 걸 보곤 했지요. 아빠와 엄마는 함께 하는 것이 별로 없었어요. 엄마가 즐기는 활동이 아빠에게는 대체로 맞지 않았지요. 아빠는 체질이 허약하고 운동을 좋아하지 않아서 테니스 상대로는 영 아니었어요. 늘 원치 않는 방향으로 날아가는 공을 치기보다는 어디 틀어박혀 얘기나 나누고 싶어 했지요. 아빠는 브리지 게임도 지루하다고 질색했어요. "네 엄마는 또 그놈의 카드놀이 하러 갔다." 내가 학교에서 돌아왔는데 엄마가 집에 없으면 아빠는 한탄하듯 그렇게 말했지요. 엄마의 시골 생활은 '저녁 먹고 브리지 게임 하는 모임'을 중심으로 돌아갔고 아빠는 저녁 시간을 자기처럼 카드놀이에 취미가 없는 공증인과 함께 보내곤 했어요. 두 남자는 끝나지 않을 듯 줄기차게 이어지는 게임이 끝나기를 함께 기다렸어요. 때때로 카드놀이를 하는 사람들의 배려로 마지막 브리지 게임에 참여하여 더미* 역할을 하기도 했어요.

엄마가 속한 계층 사람들이 으레 그렇듯 엄마에겐 늘 카드놀이를 같이 하는 친구들이 있었고 엄마와 엄마 친구들은 돌아가면서 화요일마다 어느 한 집에 모였지요. 나는 엄마가 '브리

---

* 더미(dummy) : 카드놀이의 한 역할. 디클레어러(declarer)의 파트너. 자기의 패를 모든 참여자가 볼 수 있도록 테이블에 펼쳐 놓고 디클레어러의 명령을 따라 패를 움직인다. 자신의 의견을 절대 말해선 안 된다.

지' 약속이 잡혀 있는 화요일이 싫었어요. 학교에서 돌아오면 평소에는 쥐 죽은 듯 조용한 아파트 계단참에서부터 째지는 목소리, 웃음소리가 시끌벅적했지요. 무엇보다, 그때만 나는 냄새가 있었어요. 향수, 중국 차, 케이크, 담배 냄새가 한데 뒤엉켜 훅 끼쳤어요. 엄마한테 짜증 내면서 "엄마 친구들 냄새가 나"라고도 했었지요. 그 어수선한 분위기는 아직도 두 시간 이상 내가 엄마를 차지할 수 없다는 걸 의미했어요. 나는 눈에 띄지 않으려고 벽에 딱 붙어 소리도 내지 않고 내 방에 들어가 책가방을 내려놓았어요. 엄마 친구들에게 인사하기가 싫었거든요. 아빠는 오후에 늘 마시는 차도 포기하고 서재에 틀어박혀 문을 닫아놓고 있었어요. 나는 엄마를 빼앗긴 채, 얘기 나눌 상대도 없이 노란색 포마이카 식탁에서 혼자 간식을 먹는 그런 날이 싫었어요.

평소 같으면 엄마가 농가에서 직접 사 온 우유에 흑설탕을 뿌리고 집에서 만든 페셀 치즈 타르틴과 함께 챙겨줬을 텐데요. 엄마는 벌써 파란색 나일론 앞치마를 두르고 싱크대나 오븐 앞에서 분주하게 파트 브리제 반죽을 밀대로 펴거나 수프에 넣을 채소를 다듬고, 나는 그 옆에서 재잘재잘 오늘 학교에서 무슨 일이 있었다, 성적이 어떻다, 친구가 어떻다, 누구랑 싸웠다, 수다를 늘어놓았을 텐데요. 몇 년 후에 내가 처음 느낀 사랑의 감정과 사춘기의 괴로움을 털어놓은 곳도 바로 그 주방이었지요. 프랑수아즈의 오빠와 나는 길거리에서 약혼을 했어요. 걔네 부모님은 비시에서 벵칼루 호텔을 운영했지요. 그 오빠가 체험 학습장에서 직접 만든 감청색 칠보 반지를 나한테 줬어요. 그리고 내가 엄마 친구 아들 티에리에게 하트를 잔뜩 그려 넣고 사랑한다고 쓴 편지를 준 적도 있지요. 티에리는 그걸 받고 겁을 먹은 것 같긴 했지만…… 그다음에는 필리프가 있었지요. 나는 그 오빠가 학교 앞에서 날 기다렸다가 그 오빠의 오렌지색 푸조 자동차에 태우고 멀리멀리 데려가주면 좋겠다 생각했어요. 엄마도 그 오빠 "얼굴이 괜찮다"고 했잖아요. 나는 엄마를 붙잡고 울기도 많이 울었지요. 디디에가 나를 퇴짜 놓고 의사 딸이라는 열세 살짜리 언니랑 사귈 때 얼마나 많이 울었던지요. 디디에는 그 언니랑 혀까지 쓰는 진짜 키스를 했어요. 프레데리크가 내가 여름휴가 때 자기를 "속이고" 댄스파티에 갔다고 옛날 여친에게로 돌아갔을 때는 또 얼마나 서럽게 울었던지요. 베르트랑은 순전히 다른 여자애에게 복수하려고 나와 데이트를 했지요. 내가 남자 친구에게 싫증이 나면 나 대신 전화를 받고 내가 집에 없다고 거짓말을 해야 했던 사람도 엄마였어요.

나는 엄마에게 별의별 얘기를 다 했어요. 친구들은 내가 이

상하다고 했어요. 엄마한테는 그런 얘기 안 하는 거라나요. 나는 엄마랑 앉아 타르틴을 우물거리면서 엄마 생각이 궁금해서 견딜 수 없었어요. "엄마가 보기엔 어때? 잘생겼지?" 그렇게 물어보면 엄마는 늘 "잘생겼나? …… 난 모르겠다. 진짜 남자한테는 그런 거 필요 없어. 너의 프레데리크는 남자가 아니라 아직 꼬마지만."

그 노란색 포마이카 식탁에서 얼마나 많은 눈물을 흘렸을까요. 엄마가 얼마나 여러 번 "두고 봐, 나중엔 이 일을 두고 웃게 될 거야"라면서 나를 달랬던가요. 그러면 나는 더 이성을 잃고 길길이 날뛰었지요. 엄마는 내가 이렇게 힘든데 겨우 그런 말밖에 못 해?

그다음에는 가수에게 푹 빠졌지요. 내가 저녁 늦게까지 똑같은 노래를 계속 틀어놓은 바람에 엄마는 그 노래가 머리에서 떠나지 않아 한밤중에 잠이 깨곤 했지요. 나는 아빠의 오래된 전축으로 그 가수의 음반을 들었어요. 재생이 끝나기 무섭게 검은색 레코드판의 가장 바깥쪽 눈금에다가 커다란 크림색 전축 바늘을 옮겨놓고 또 옮겨놓았지요. 캔슨지(紙)와 스카치테이프로 재킷을 만들어 나의 45회전 음반을 넣고 원래 앨범 재킷은 흰 새가 그려진 베이지색 벽지에 압정으로 꽂았어요. 매일 저녁 잠들기 전에 내 가수의 토라진 듯한 얼굴을 잠시 쳐다

보고는 그와 함께 잠든다고 생각했지요. 나는 굳게 믿었어요. 절대로, 절대로 다른 남자를 좋아하지 않을 거야. 엄마는 대놓고 웃었지요. "너 결혼할 때 내가 꼭 이 얘기를 해줄게!" 나는 길길이 날뛰었어요. 엄마는 내 마음을 진지하게 생각하지 않았어요.

시골에서 아빠 엄마와 함께 살던 그 시절, 우리 세 식구가 한 덩어리를 이루고 살았던 기억을 나는 간직하고 있어요. 아빠가 있었고요, 우리 둘, 엄마와 내가 있었지요. 엄마는 나의 가장 친한 친구였어요.

"내가 그 사람을 점심 식사에 초대해도 될까……?"

우리는 예전처럼 부엌 식탁에 김이 모락모락 올라오는 찻잔과 버터 바른 빵 조각을 앞에 두고 앉아 있어요. 내가 청소년기를 보낸 그 부엌은 아니지요. 그 아파트는 엄마 아빠가 신혼 때 살았던 이 집으로 다시 들어오면서 팔았으니까요. 엄마는 신혼 초에 시어머니와 함께 이 집에서 살았어요. 노란색 포마이카 식탁은 다락방에 처박혔고 지금 이 식탁은 기분 좋은 왁스 냄새가 나요. 세월은 흘렀고 무대는 변했어도 친밀하고 아늑한 분위기는 그대로예요.

엄마는 바보 같은 짓을 저지르려고 작정한 소녀처럼 얼굴까지 붉히면서 수줍게 물어봤어요. 간밤에 잠을 설친 눈치였지요.

나는 물론 괜찮은 생각이라고 했어요. 이 연애가 어찌나 흥미진진한지 내가 흥분되더라고요.

지난밤 엄마가 읽어보라고 건네준 편지가 아주 재미있었다는 말을 해야겠네요. 그분은 살그머니 접근해오더군요. 엄마 이름을 "어쩌다 우연히"『신사록』에서 봤다나요. 좋은 집안 출신들과 어떻게든 귀족이 되고 싶어 하는 귀족 지망생들의 이름과 근황이 실린 연보 말이에요. 그분은 오래된 가문의 진짜 귀족 출신이지요. 그분은 또 "어쩌다 우연히" 엄마가 과부가 되었다는 소식을 읽었다고, 진심으로 안타깝게 생각하며 애도의 뜻을 전한다고 했어요. 그러면서 자기도 일 년 전에 미셸이라는 이름의 아내를 먼저 떠나보냈다는 근황을 슬쩍 흘렸지요. 어쩌겠습니까, 인생이 원래 그런 거죠, 주님이 우리를 먼저 데려가시면 모를까, 살아 있는 동안은 우리가 사랑하는 이들이 세상을 떠나는 모습을 지켜보아야 할 운명인 것을. 그래요, 뭘 어쩌겠습니까. 그분은 이렇게 편지에서 줄곧 존댓말을 썼어요.

가늘고 촘촘한 글씨로 편지지 두 장을 채우고 마무리를 지을 즈음 반백 년 묵은 추억을 끄집어내더군요. "지금도 당신을 내 자전거 뒷좌석에 태운 것만 같습니다⋯⋯." 그분은 기나긴 독백의 끝에 마침내 본론을 털어놓았지요. 올해 9월에 리옹에 갈 일이 있다나요. 딸 하나가 리옹에 산다나요. 그런데 "어쩌다 우연히" 엄마가 리옹에서 그리 멀지 않은(!) 알리에에 산다는 걸 알게 됐으니 이왕 가는 김에 엄마를 만나러 가도 되겠느냐고요. 물론 엄마도 그분을 만나고 싶은 마음이 있다면, 엄마가 그분을 기억하고 있다면, 엄마에게 실례가 되지 않는다면 말이에요.

엄마가 그분을 기억하고 있다면…….

나는 줄곧 엄마와 그 아저씨가 생말로 인근 파라메에서 처음 만난 줄 알았어요. 외할아버지 외할머니의 바닷가 별장이 거기에 있었잖아요. 엄마가 그렇지 않다고 말해주었어요. 엄마는 그 남자를 파리에서 알게 됐다고, 서로 겹치는 친구들이 있어서 자연스럽게 만났다고 했어요. 파라메 별장은 팔렸다고, 생각만 해도 가슴이 미어진다고 했고요. 처음 알게 됐을 때 그 사람은 군사학교였나 생시르 사관학교였나, 정확히 기억은 안 나지만 하여간 군(軍) 관련 기관의 생도였다지요. 그는 테니스와 승마를 했고 브리지 게임도 즐겼어요. 그는 스물네 살, 엄마는 스물두 번째 생일을 목전에 두고 있었지요. 그 후로 52년이 흘렀어요. 아, 52년이라니!

엄마는 기억을 더듬어 그 남자를 나에게 묘사하려 했지만 헛수고였어요. 그 얼굴이 도저히 떠오르지 않았으니까요. 금발이었나, 갈색 머리였나? 그것조차도 기억나지 않았어요. 주고받은 말, 막연히 마음이 통하는 느낌, 그의 이름이 언급되거나 곧 만나서 대화를 나눌 거라는 생각을 할 때 속에서 고개를 들던 감정만 기억났지요. 지금도, 반세기가 흘렀는데도, 똑같은 감정으로 가슴이 벅차기 때문에, 엄마는 기억할 수밖에 없어요. 감정은 그대로, 오롯이 남아 있어요. 일흔세 살에도 엄마는 스무 살이에요.

엄마는 나에게 그 끝나지 않은 사랑 이야기를 골백번도 더 했어요. 최악의 연애는 결코 끝을 보지 못했던 연애지요. 엄마는 그 사람을 두 번 다시 보지 못했고, 그게 다였어요. 그 남자는 왜 엄마를 떠났을까요? 엄마는 이해할 수 없었어요. 지독히 궁금했지만 답을 얻을 수 없었어요. 어떤 말도, 어떤 편지도 그 관계에 마침표를 찍어주지 않았어요.

그 사람의 편지를 받고 며칠 지나서 엄마는 위게트 이모에게 전화를 했어요. 위게트 이모는 엄마와는 사촌지간이고 어렸을 적부터 쌍둥이처럼 붙어 다녔던 절친이지요. 엄마는 아직도 얼떨떨하다는 듯이, 젊었을 때 좋아했던 남자를 다시 보게 생겼다고 했어요. 이모는 엄마 말이 채 끝나기도 전에 선수를 쳤지요.

"그자비에 드 L.을 찾았구나."

이모는 당연하다는 듯 그렇게만 말했어요.

나는 감탄했어요. 그러니까 일흔이 넘어서도 꿈을 꿀 수 있다는 거잖아요. 여전히 눈은 깜박거리고 심장은 미친 듯이 두방망이질한다는 거잖아요. 아니, 지금 일어나고 있는 일 맞잖아요, 엄마. 엄마한테는 이런 게 어울려요. 엄마 얼굴이 다림질이라도 한 것처럼 매끈하다고요. 하루 만에 눈동자가 주석에서 은으로 바뀐 듯 다시 반짝거리는 거 알아요? 그리고 무엇보다, 엄마가 웃고 있잖아요. 엄마가 웃는다고요, 아빠가 돌아가신 후로 오랫동안 웃지도 않고 살던 엄마가요.

파리에 돌아오면서 마음이 이렇게 가볍기는 2년 만에 처음이네요. 이번엔 엄마가, 내가 또 언제 올지 손꼽아 기다리지 않겠구나 싶었어요. 이제 엄마가 기다리는 다른 사람이 생겼으니까요.

엄마를 생각해요. 아침부터 엄마 생각 말고는 아무것도 할 수가 없네요. 벨랭지(紙)에 감색 잉크로 쓴 단어들, 그것만으로 엄마는 이미 외롭지 않아요. 이번 주말에는 몇 번이나 엄마가 내게서 떠나가는 느낌이 들었어요. 엄마는 우리와 같이 있어도 같이 있는 게 아니었지요. 엄마는 더는 오늘을 살고 있지 않았어요. 생각지도 않은 과거로의 점프에 혼은 반쯤 나가고, 앞날을 생각하면 불안하기도 하고 신나기도 해서 제자리에 가만히 있지 못하고 계속 서성거렸어요. 엄마와 아저씨는 만나게 될 거예요. 엄마가 답장만 하면 몇 주 후에 그분이 그곳으로, 엄마 집으로 올 거예요. 두 사람은 서로를 알아볼까요? 그토록 오랜 세월을 못 보고 살았는데 서로 무슨 말을 할까요? 반백 년이나 오해로 중단된 채 굳어져 있던 대화를 어떻게 다시 풀어낼까요?

엄마에게 월요일 오전에 전화를 했어요. 그 후로도 며칠 내내 하루도 빠짐없이 전화를 걸었어요. 엄마는 회춘한 듯 목소리가 생기발랄했어요. 전화로 길게 얘기하는 걸 싫어하는 엄마가 희한하게도 전화를 빨리 끊고 싶어 하지 않는 것 같았어요.

엄마는 초안을 두세 번 작성해보고서 마침내 특유의 둥글고 큼직한 글씨체와 파란색 잉크로 답장을 써 보냈지요. 엄마가 받은 것과 거의 비슷하게 장문의 편지로 "그냥 편하게" 점심이나 한 끼 먹으러 오라고 했어요. 그다음에 편지가 한 번 오가는 시간이 있었고, 그쪽에서는 이 초대를 기쁜 마음으로 수락했어요.

엄마에게 9월이 이토록 멀게 느껴진 적이 있을까요? 여름이 이토록 길게 느껴진 적이 있을까요?

무슨 우연인지, 그 7월에 엄마의 옛 청춘이 또 한 번 엄마를 찾아왔어요. 공통의 지인이 중간에 다리를 놓아준 덕분에, 엄마가 옛날에 알았던 또 다른 남자가 나타난 거예요. 그 아저씨 이름은 알랭 드 P.예요. 역시 성 앞에 소사가 붙는 귀족 집안 남자예요. 그분도 엄마가 사는 고장에서 서쪽에, 정확히는 브르타뉴에 살아요. 그 아저씨는 엄마에게 별다른 뜻이 없었어요. 그저 살아 있다는 소식 들으니 좋구나, 한 번 만나면 재미있겠다, 그렇게 생각한 거예요. 그래서 엄마에게 전화를 걸었어요.

엄마는 이렇게 돌발적으로 튀어나오는 기억들과 과거로의 회귀에 대경실색했어요. 마치 하나의 기억이 다른 기억을 끌고 나오는 것 같았지요. 그렇게 놀란 탓일까요, 엄마는 나이를 잊고 이제 오늘이 과거인지 현재인지도 모르는 것 같았어요.

8월 초에 피니스테르*에서 며칠을 함께 지낼 때 우리는 오데 강변에 있는 그 아저씨 집으로 차를 마시러 갔어요. 키가 작고 쾌활한 아저씨는 총총거리며 뛰어다니는 재미있는 분이었어요. 그분도 오래전에 아내를 먼저 보낸 신세였지요. 그분 말로는, 지금처럼 행복했던 적이 없대요. 혼자 살면서 자기 자신을 마주하는 것이 더없이 행복하대요.

옆으로 긴 아름다운 저택은 오래전에 시간이 멈춘 곳 같았어요. 정원에는 테니스 코트가 있던 자리에 녹슨 철책만 남아 있고 그 안에서 밀 이삭이 여물어가고 있었지요. 살짝 경사진 정원 구석, 강과 땅이 만나는 지점에 작은 배 한 척이 이끼투성이 부교에 매여 있었어요.

거실의 안락의자들을 덮어둔 나사(羅紗) 천에는 먼지가 자욱했어요. 의자의 기이한 유령을 보는 것 같았지요. 나는 잃어버린 시간을 소환하는 엄마의 목소리를 들었어요. 깜짝 파티, 78회전 음반들과 휴대용 축음기, 프랑세에서의 파티, 연출가 루이 주베와 노래하는 광대(샤를 트르네)의 시간을.

재회의 날을 맞이하기 위한 중간 과정일까요.

* 프랑스의 가장 서쪽에 위치한 주. 라틴어로 '땅끝'이라는 뜻이다.

8월의 첫 폭우가 몰아칠 무렵부터 엄마는 날이 짧아지고 나뭇잎이 흩날리기를 기다렸어요. 동글동글 귀여운 글씨체로 큼지막한 검은색 다이어리의 9월 26일 목요일 점심 칸에 '그자비에 드 L.'이라고 적어놓고서.

오늘이에요. 몇 시간 후면 이 자리에 과거의 '유령'이 엄마 앞에 살아서 나타날 거예요. 엄마는 아직도 믿을 수가 없지요. 어떻게 이런 일이 있니, 엄마는 나하고 전화 통화를 할 때마다 그말을 되풀이했어요. 이제 그분을 보게 될 거예요, 그분의 목소리를 들을 거예요. 50년 전, 주프루아 거리에서처럼. 하지만 이번에는 단둘만의 시간을 가질 거예요.

엄마는 머리를 쥐어짜며 괴로워해요. 무슨 생각으로 보러 온다는 걸까요? 그 사람은 엄마를 사랑했다는 기억밖에 없는 걸까요? 사랑하는 여자를 말 한마디 없이, 그런 식으로 남기고 갈 수도 있나요? 그 모든 일이 엄마의 상상은 아니었을까요? 일주일 전부터 엄마는 욕실 거울 앞에서 이 옷을 입었다 저 옷을 입었다 난리도 아니었지요. 치마가 좀 짧은 게 나은가, 아니긴 게 나은가, 그렇게 해서 붉은색 치마 대신 흰 치마를 골랐고 어느 블라우스를 입어야 안색이 좀 돋보일까 고민했어요. 그러고는 한숨을 쉬었어요. 이게 다 무슨 소용이람? 그분이 마지막으로 보았던 엄마는 스무 살을 갓 넘긴 아가씨였지요. 이 나이에 용을 써봤자 예뻐 보일 리 있나요? 세월은 여자의 얼굴에서 쏜살같이 지나가지요.

9월의 아침, 내 전화가 엄마에게 방해가 되었나 봐요. 엄마는 흥분해서 제정신이 아니었어요. 엄마는 오랫동안 망설이다가 마음을 정했다고 했어요. 그날의 점심 메뉴로 프로방스식 토마토 뿔닭 요리를 할 거라고요. 엄마는 이미 만반의 준비를 끝냈어요. 수화기 저편에서 엄마는 열에 들떠 정신없이 수다를 떨었고 나는 엄마 말을 따라잡기도 바빴어요. 엄마는 어젯밤부터 머릿속에서 부딪히는 질문들을 나에게 퍼부었어요. 식사는 어디서 하면 좋을까? 식당? 너무 분위기가 딱딱하려나? 그냥 주방에서 먹을까? 너무 격의 없나? 담배를 피울 수 있는 휴게실? 아니, 지나치게 친밀한 느낌이야. 그럼, 밖에서 먹을까? 물론 날씨를 봐야겠지. 오늘 아침은 청명하기 그지없지만 날씨란 놈을 믿을 수가 있어야지. 일기 예보에서 뭐라고 하디?

"얘, 그만 끊을게. 가서 준비해야 해. 준비가 다 되기는 되려나 모르겠다!"

겨우 오전 10시였어요.

벽난로 위에서 아빠가 지탄*을 입에 물고 미소 짓는 모습이 보이는 것 같았어요. 우연의 일치일까요, 아빠가 살아 계셨다면 오늘 일흔일곱 번째 생일을 맞으셨을 텐데요. 아빠가 엄마를 이렇게 들뜨게 한 적이 한 번이라도 있었을까요? 왜 나는 항상 엄마가 아빠를 사랑하는 것보다 아빠가 엄마를 사랑하는 마음이 더 크다고 느꼈을까요?

* 프랑스를 대표하는 담배. 세르주 갱스부르, 움베르토 에코가 즐겨 피웠다는 독한 담배다.

엄마는 아빠랑 사는 게 늘 쉽지만은 않았어요. 아빠는 결혼하자마자 느닷없이 부친상을 당해서 애초 품었던 미래에 대한 계획을 수정해야만 했지요. 원래는 해운 회사에서 해외 발령을 받아 아프리카에 가기로 되어 있었어요. 엄마는 배울 만큼 배운 파리 아가씨였고 시골 생활과는 거리가 멀어도 너무 멀었어요. 진창길은 질색이고 소나 쥐도 무서워 벌벌 떠는 엄마가 알리에 주에서도 한참 들어가는 부르보네 촌구석, 비시와 물랭 중간 즈음에서 살게 됐어요. 엄마는 그렇게 할 수밖에 없었어요. 선택하고 말고의 문제가 아니었지요. 엄마 아빠는 친할머니가 계시던 본가로 살러 들어갔어요. 시어머니는 엄격한 사람인데다가 엄마를 전혀 예뻐하지 않았지요. 아빠도 선택의 여지가 없기는 마찬가지였어요. 손가락 하나 까딱하지 않는 모친을 아들 중 한 명이 모셔야만 했고 아빠는 장남이었지요. 엄마는 결혼하고 바로 생긴 아들 둘을 키우면서 10년을 거기서 살았지만 그 집은 진짜 엄마의 집은 아니었어요.

엄마가 아빠 친구 중 누구와 살짝 "묘한 기류"가 흘렀다고 고백했어도, 그 사람 차에서 키스까지 갔다고 했어도 내가 그걸 나쁘게만 생각할 순 없어요. 세월이 한참 지난 뒤, 내가 태어날 때 받아준 의사 B. 선생님을 엄마가 무척 좋아했다고 —— 물론 실제로 둘 사이엔 아무 일도 없었다지만요 —— 고백했을 때도요.

그때도 엄마는 주프루아 거리의 첫사랑을 때때로 생각하곤 했나요? 아쉬워했어요?

결혼하고 14년 만에 내가 태어났을 때 엄마와 아빠 사이는 어땠나요? 엄마가 내 귀에 딱지가 앉도록 했던 말을 다시 생각하게 되네요. "우리 딸한테 무슨 일이 일어나면 엄마는 못 살아." 엄마에게 나는 사실 어떤 의미였을까요? 있는 그대로의 나를 조건 없는 어머니의 사랑으로 사랑했나요? 혹시 내가 엄마의 슬픔의 분출구, 아빠와 엄마를 연결하는 가느다란 실, 이미 닳고 닳은 두 돌덩이를 억지로 이어 붙인 시멘트 같은 존재는 아니었나요?

이튿날 엄마에게 전화를 했을 때 나는 한마디도 못하고 전화기만 붙들고 있었어요. 엄마는 행복에 겨워 정신을 못 차렸지요.

　엄마와 아저씨는 정원에서 점심을 먹었어요. 날씨가 화창했어요. 엄마는 토마토 뿔닭 요리를 홀랑 태웠어요. 하지만 그게 뭐 대수인가요, 아저씨는 알아차리지도 못했는데. 두 사람은 커피를 마시고 산책을 나갔어요. 집 바로 뒤 숲으로요. 얘기를 아주 많이 나눴지요. 옛날 일, 전쟁, 그 시절에 함께 알았던 친구들, 파리 이야기를. 심지어 엄마는 테니스를 같이 치자고까지 했어요. 아저씨는 자기 장비를 가지고 오지 않아서 안 되겠다고 정중하면서도 우아하게 거절을 했고요. 엄마가 일흔세 살에도 라켓을 얼마나 잘 휘두르는지 그분이 짐작이나 할까요?

　그다음에 엄마는 아저씨에게 텃밭을 보여주었어요. 여름의 끝인데도 여전히 뜨거운 태양이 텃밭을 비추고 있었어요. 9월 인데도 여전히 꽃을 볼 수 있었어요. 엄마가 특히 좋아하는 달리아도, 수염패랭이꽃 몇 송이도 남아 있었지요. 엄마는 나한테 아저씨가 봄에 다시 오면 좋겠다고 했지요. 엄마가 제일 좋아하는 분홍빛 작약, 4월부터 7월까지 깍지콩과 산딸기 사이의 잔디 덮인 길을 침범할 만큼 흐드러지게 피는 그 꽃을 보여주고 싶다고요. 엄마와 아저씨는 꿀벌들이 왱왱대는 벌집과 벚나무를 지나 저 끝 돌담까지 갔다가 왔던 길을 돌아서 작은 문으로 왔어요. 땅거미가 텃밭에 내려앉기 시작했어요. 이제 곧 해가 떨어질 텐데 엄마는 그 해를 조금 더 잡아두고 싶었지요. 그리고 거기서, 그 하얀 나무 문 옆에서, 아저씨는 엄마에게 키스했어요. 엄마의 뺨에 하는, 순수한 키스였어요.

아저씨는 어두워지기 전에 출발했어요. 아저씨는 돌아갔고 엄마는 남아서 팔을 늘어뜨린 채 고개를 뒤로 젖히고 있었지요.

엄마는 전화를 서둘러 끊었어요. 마음 편한 고독으로 얼른 돌아가고 싶었겠지요. 아저씨와 함께한 그날의 추억이 고독을 채우고 있었어요. 엄마는 그날의 한 마디 한 마디를 곱씹어보고, 말에 숨겨진 의미를 찾아보고 싶었을 거예요. 아저씨가 떠나자마자 엄마의 기다림은 다시 시작되었어요.

그리고 나는 방금 무슨 얘기를 들은 건지 어안이 벙벙했어요. 나는 거의 입을 열지도 못했어요. 엄마는 그날의 일을 털어놓으면서 그 순간을 다시 살기에 급급한 나머지, 내가 입을 벙긋할 틈도 주지 않았어요. 나도 궁금한 게 많았는데 말이에요. 그 분을 다시 보니까 어떻던가요? 서로 인사는 어떻게 했어요? 그 아저씨는 어떻게 생겼나요? 키가 큰가요? 잘생겼나요? 세월이 그렇게 지났는데도 그분은 엄마를 바로 알아봤나 봐요. 아저씨가 자기 입으로 그렇게 말했다면서요. 하지만 엄마는 아니었어요. 기억도 안 나는 얼굴을 알아보긴 어떻게 알아본다니? 엄마는 그분 얼굴에 대한 기억이 너무 흐릿했어요. 그분에 대해 남은 기억이라고는 상처뿐이었어요. 상처가 나머지는 전부 지워버렸던 게지요.

　나는 일상으로 돌아왔어요. 나의 일상이 이렇게 삭막하게 느껴진 적이 있었나 싶네요. 문득 내가 너무 어리게 느껴졌어요. 엄마 같은 연애를 꿈꾸려면 아주 오래 살아야 해요.

물론 엄마는 물어봤어요. 마침내 알게 될 일이었어요. 오늘 드디어 반백 년 묵은 의문의 답을 얻게 될 터였어요. 그때 주프루아 거리의 우리 집에서 점심을 먹고 간 다음에 무슨 일이 있었는지? 엄마는 반백 년이 지나서야 그 남자가 갑자기 증발해 버린 이유를 알게 될 터였어요. 단지 그 이유 하나만으로도 그 남자의 재등장은 특별할 수밖에 없었지요.

　엄마는 조심스럽게 운을 뗐어요. 무례하지 않게, 상대가 당황하지 않게 신경을 썼어요. 꿈에서 중간에 깨고 싶지 않았어요. 엄마는 몇 번이나 속으로 생각했어요. '내가 지금 겪는 게 꿈이야, 생시야?' '그자비에 드 L.이 진짜 내 옆에, 내 집에, 내 정원에 와 있는 거 맞아? 우리 집 나무와 꽃과 호박을 그 사람이 보고 있다고?'

　아저씨가 처음에는 무슨 말인지 못 알아들은 척 피하고 두 번째는 기억이 안 나는 척하자 엄마는 더는 묻지 않았어요. 아직은 너무 일렀으니까. 너무 분위기가 좋았으니까.

엄마는 그 사람이 언제 어디서 아내를 만났는지 묻지 않았어요. 하지만 그 사람은 죽은 아내 이야기를 많이 했고 애틋함이 상당히 느껴졌지요. 엄마는 그게 살짝 거슬렸어요. 엄마는 재빨리 그 상처를 몰아냈어요. 이제 질투를 할 때가 아니니까요. 그렇긴 해도, 미셸이 어떤 점이 엄마보다 나았던 걸까요? 결국 그 여자 때문에 엄마가 버림받았던 거잖아요?

아저씨는 리옹에서 집으로 돌아가는 길에 다시 엄마에게 들르지 않았어요. 곧장 몽토방 집으로 돌아갔지요. 그분은 랑드에도 집이 있어서 이 집 아니면 저 집에서 지낸다고 했어요. 아저씨는 집에 돌아가서는 다음 날 바로 엄마에게 새로운 편지를 썼어요. A4 크기 한 장의 양면을 채운 그 편지가 오늘 아침 도착했어요. 엄마는 우체부가 들고 온 봉투에서 예의 가늘고 촘촘한 글씨를 알아보았지요.

엄마는 흥분해서는 이미 외우다시피 한 그 편지의 문장을 내게 읽어주었지요. 엄마는 일흔세 살에 장문의 연애편지를 받은 거예요. 그건 고백의 편지였고, 그 고백은 아름다웠어요.

그래요, 엄마에겐 애인이 있어요. 아니, 구혼자라고 하는 편이 낫겠네요. 내가 청소년기에 엄마와 그런 사이였던 것처럼 마음을 터놓을 수 있는 친구이자 엄마가 애타게 기다리는 편지를 써 보내는 사람. 엄마가 답장을 보냈으니 아저씨가 편지를 쓸 차례예요. 엄마는 매일 아침 우체부 차가 오지는 않는지 동정을 살피지요. 아저씨는 늘 A4 크기의 편지지를 써요. 엄마가 한 장씩 뜯어 쓰는 묶음 편지지는 그 반절밖에 안 되는데 엄마 글씨 크기가 아저씨 글씨의 두 배는 될걸요. 엄마는 한 번에 편지를 네 장, 다섯 장까지도 써요. 아저씨에게 편지 쓰기가 엄마의 하루를 차지하는 일이 되었어요. 엄마는 이따금 내게 전화를 걸어 조언을 구하거나 내 생각을 물어봐요. 나는 나대로 열심히 대답하고 엄마 생각을 명확히 해주려 애쓰지요.

엄마는 아들들에게 다시 시작된 연애에 대해서 아무 말도 하지 않았어요. 어떻게 얘기를 꺼내야 할지 난감했으니까요. 행여 아들들의 웃음거리가 되지 않을까 두려운 마음에, 나에게도 당분간은 나만 알고 있으라고 입단속을 했지요. 그래서 나는 입을 다물고 있었어요.

엄마랑 얘기하면서 내 친구 이자벨의 속내를 들을 때와 비슷한 기시감이 점점 더 자주 들더라고요. 이자벨은 무슨 일로 흥분하거나 마음 아픈 일이 있으면 이러다 내 귀가 닳겠다 싶을 만큼 말을 쏟아내거든요. 그리고 물어보는 말도 어쩜 그리 똑같은지⋯⋯. "넌 어떻게 생각해?" "네가 나라면 어떻게 하겠니?" "그 사람이 날 좋아하는 것 같니?"를 셀 수도 없이 들은 것 같네요. 안심시켜주기를 바라는 그 절박한 욕구란. 전화기 너머로 벨랭지 스치는 소리가 들려요. 엄마가 한 문장을 읽어주면 나는 행간에 깃든 감정의 통역사가 되어야 해요. 나는 체면이 단어들 너머에 숨겨놓은 감정을 읽어내는 사람이지요.

엄마가 그자비에 아저씨를 다시 만난 후로 우리는 함께 세월을 거슬러 올라가요. 엄마와 나의 마흔 살 나이 차는 급작스레 녹아내렸지요. 엄마는 두 사람의 해후를, 두 사람이 주고받은 말을 내게 거듭 이야기하면서 조금씩 나와 더 가까워져요. 이제 엄마는 엄마 나이가 아니에요. 사실 엄마는 이제 나이가 없어요.

나는 인생이 뭔가 잘 풀리지 않는 시기에 와 있어요. 집에서는 차츰 판에 박힌 일상에 무기력하게 매몰되어가요. 남편은 집에 잘 없어요. 저녁 늦게 스트레스에 찌들어 들어와서는 별것도 아닌 일에 성질을 내요. 이제 그 사람과 나 사이에 뜨거운 애정 같은 건 없어요. 엄마의 심장은 다시 설렘을 배우지만 내 심장은 권태에 찌들어가요. 지나치게 규칙적인 박동은 느리게 흐르는 시간을 상기시키는 초침 같아요. 그렇지만 나는 엄마가 나를 살짝 질투한다고 생각했던 적도 많아요. 엄마가 나 사는 모습을 부러워할 때가 더러 있었잖아요. 나는 엄마가 태어난 도시 파리, 엄마가 어릴 적 살았던 아파트에서 살지요. 엄마는 내가 무슨 빛의 소용돌이에 싸여 있는 것처럼, 엄마 표현을 빌리자면 "이름 좀 날리는" 지식인들의 세상에서 사는 것처럼 생각하잖아요. 그래서 나한테 샘을 내기도 하고 귀엽게 짜증을 부리기도 해요. 엄마가 신문에 실린 사진이나 텔레비전 방송으로 보았던 "이름 좀 날리는" 내 친구 몇몇을 내가 집에 데려가 만난 적도 있지요. 엄마는 "우리 딸이 운이 좋구나. 나도 너처럼 살아봤으면 좋겠다"라면서 자신이 살아보지 못한 삶에 대한 아쉬움을 담아 한숨을 짓곤 했어요.

우리가 이렇게까지 서로 가까웠던 적이 있나 싶어요. 엄마의 청춘에서 사라졌던 이가 다시 나타나면서 우리 모녀의 삶의 실타래가 뒤바뀌었어요. 내가 겨울잠에 들어갈 때 정작 겨울의 문턱에 선 엄마는 봄이 돌아오는 것을 보았지요. 엄마가 서서히 깨어나는 동안 나는 꾸벅꾸벅 졸기 시작했어요.

나도 각성해야겠다, 다시 한번 내 삶의 고삐를 잡아봐야겠다 싶어서 얼마 전 정신분석가를 찾아갔어요. 엄마한테는 말하지 않았지요. 어차피 말해봐야 이해하지 못하잖아요. 내가 온종일 침대에서 일어나지도 않고 『잃어버린 시간을 찾아서』*를 읽을 때도 엄마는 "내면을 들여다보는 데만 심취한다"고 흉을 보았지요. 그렇지만 엄마는 프루스트를 읽은 적 없어요. 그냥 남들이 하는 얘기를 듣고 그런 책이라고 알 뿐이지요. 시도를 하지 않은 건 아니었어요. 엄마가 나한테서 『스완네 집 쪽으로』를 빌려 간 적 있잖아요. 엄마는 그 책이 도무지 읽히지 않았지요. 결국 끝까지 읽지 못했어요. 엄마는 일인칭 시점 이야기와 대

---

* 『잃어버린 시간을 찾아서』: 프랑스의 작가 프루스트가 쓴 장편 소설. 총 13권으로 이루어져 있으며, 『스완네 집 쪽으로』는 그중 첫째 권이다.

체로 잘 안 맞는 것 같아요. '나'는 엄마를 불편하게 하지요. 엄마는 사람들이 자기 이야기를 하는 것도 그리 좋아하지 않아요. 그런데 정신분석가의 침상에 누워서 할 이야기가 자기 이야기 말고 뭐가 있을까요?

나는 생자크 거리의 음침한 상담실까지 가서 그 딱딱하고 냉랭하며 무심하고 밉상인 라캉주의 정신분석가에게 무엇을 기대했던 걸까요? 처음 두어 번의 상담부터 그녀는 나에게서 엄마에 대한 이야기를 끌어내려 했어요. 내가 사실은 엄마를 사랑하지 않는다나요. 그녀는 내가 아주 어렸을 적부터 엄마는 끊임없이 나를 깎아내리고 내가 자아실현을 하고 자신을 사랑하지 못하도록 훼방을 놓았던 거라고 설득하려 들었어요. 내가 어떻게 그딴 소리를 지껄이게 내버려둘 수 있겠어요? 나의 가장 친한 친구, 내 속내를 다 아는 엄마를 내가 사랑하지 않는다고요?

얼마 지나지 않아 나는 그 여자가 미워 죽겠더라고요. 내 돈 써서 하는 일인데도 일주일에 한 번 가는 상담이 두려웠어요. 그러다 산에 놀러 가서 무릎 염좌가 생기는 바람에 목발에 의지해 간신히 돌아다니게 됐지요. 그 몸으로 사층을 걸어서 올라갈 수는 없는 노릇이라 그 끔찍한 여자에게 내 무의식을 맡기러 가는 걸 포기했어요. 나에게 전이* 같은 소리는 꺼내지도 마세요. 엄마는 통통하지만 그 여자는 말라빠졌고요, 엄마가 민활한 만큼 그 여자는 경직된 사람이에요. 엄마가 발그레 혈색이 돌고 반짝반짝 빛나는 만큼 그 여자는 칙칙하고 우중충해요. 내가 어릴 때 엄마가 얼마나 다정했는데요. 엄마의 품이 얼마나 푹신하고 아늑했는데요. 엄마에게 폭 안겨 부드러운 웃옷에 내 머리를 기대면 엄마는 내 머리칼을 정답게 어루만졌지요. 암요, 그 여자는 절대로 엄마를 대신할 수 없었어요.

나는 나에게 괴로움만 안겨주는 상담을 그만두었어요. 그냥, 예약이 되어 있는 날인데 가지 않았어요. 무릎 부상 때문에 빠진 상담 한 회가 아직 남아 있어요. 그 여자도 나한테 전화조차 하지 않더군요. 나는 그 여자가 끼치는 이익과 손해를 따져봤고요, 엄마와의 관계가 끼치는 이로움을 간직하기로 했어요. 나를 엄마와 멀어지게 하려는 사람은 그 누구라도 내버려둘 수 없어요.

---

* 전이(轉移): 정신분석에서 내담자가 과거의 중요한 인물에게 느꼈던 감정을 분석가에게 투사하는 것.

오빠들에게도 알리긴 해야 했어요. 엄마는 차차 그렇게 했어요. 처음에는 옛날에 알았던 친구가 편지를 보냈더라고만 했어요. 그다음엔, 답장을 보냈다고. 둘이 만났다고. 딱 한 번, 그 친구가 이쪽으로 지나갈 일이 있어서 잠시 들렀다고요. 그 후로 편지를 주고받게 됐다고. 옛날에 그 사람을 좋아했었는데 어쩌다 보니 '연'이 닿지 않았다는 말도 했어요. 엄마는 아빠와 결혼해서 행복하게 살았고 그 친구도 결혼해서 자식을 다섯이나 낳고 잘 살았다고요. 아들을 꼭 낳고 싶어서 계속 낳다 보니 딸만 다섯이라나요.

오빠들은 이 예상 밖의 해후를 부정적으로 받아들이지 않았어요. 사실상, 반응을 하지 않았다고 할까요. 엄마가 느끼기에 한 아들은 자기는 모른다는 식이면서도 살짝 마뜩잖아하는 것 같았고 다른 아들은 딱 봐도 관심이 없고 전혀 개의치 않는 것 같았어요. 오빠들은 판단도 하지 않고 동의도 하지 않았어요. 나는 오빠들이 정말로 이해한 것은 아니라고 생각해요. 오빠들을 낳고 키울 때는 엄마도 젊었어요. 오빠들은 엄마의 처녀 시절의 감정 같은 건 몰라요. 엄마는 아들보다는 딸에게 훨씬 편하게 자기 심정을 토로하곤 하지요. 게다가 말하기가 뭐한 것도 있잖아요. 오빠들이 감히 던질 수 없는 질문, 말하지 않은 호기심, 표현할 수 없는 관심, 자기들의 어머니가 여자로서의 삶을 아직도 끝내지 않았다고 생각할 때 치밀어 오르는 거북함까지도.

만성절* 휴가에 우리는 모두 엄마 집에 모였어요. 그 11월 초에 우리가 한자리에 모인 이유는 아빠였지요. 아빠 무덤에 꽃을 바치러 가진 않을 거예요. 거긴 너무 멀어요. 40킬로미터는 될걸요. 그리고 우리 가족은 원래도 무덤에 찾아가고 그러지 않잖아요. 엄마도 외할아버지 외할머니를 장사 지낸 후로 무덤으로 찾아간 적은 한 번도 없는 걸로 알아요. 반면에 아빠는 정기적으로 부모님 무덤을 찾곤 했지요. 아빠는 우리의 무관심을 이해하지 못했어요. 아빠는 대리석과 돌로 된 묘비를 접촉하고 싶은 욕구가 있었지만 나는 그 차갑고 섬찟한 느낌이 싫어서 피했어요. 우리는 국화꽃 같은 건 사본 적도 없지요. 고인

* 만성절(萬聖節): 가톨릭에서, 하늘에 있는 모든 성인을 흠모하고 찬미하는 축일. 양력 11월 1일이다.

들에게 특별한 마음을 표하기에는 너무 흔한 꽃 아닌가요.

잿빛 안개 낀 하늘도 엄마에겐 그늘을 드리우지 못하는 것 같아요. 우리가 한마음이 아닌 건 아마 아빠가 돌아가신 후로 처음일걸요. 엄마를 따라 성당에 가서도 엄마 마음이 정말로 가 있는 곳은 어디일까 생각했어요. 엄마는 내 옆에 앉아 파란 눈으로 제단을 쳐다보고 있었지만요. 나는 가족의 특별한 축일, 부활절, 크리스마스를 빼고는 성당에 가지 않은 지 벌써 오래됐어요. 그런 날도 어디까지나 엄마를 위해 가는 거라서 기도도 하지 않고 시간 가기만 기다려요. 만성절과, 엄마가 아빠를 위해 바친다는 연례 위령 미사에서도요. 나는 짚을 넣은 의자에 앉아 온몸을 외투로 칭칭 감고서도 덜덜 떨면서 아빠를 생각해요. 그리고 엄마는 그자비에를 생각하지요.

몽토방에서 평소보다 두툼한 봉투가 왔어요. 봉투 덮개가 원래 붙어야 할 자리에 딱 맞지 않을 만큼요. 안에는 편지 두 통이 들어 있었어요. 한 통은 엄마에게 쓴 거예요. 다른 한 통은 사본인데 원본의 수신인은 엄마가 아니에요. 아저씨는 자기가 딸들에게 한 통씩 보낸 장문의 편지를 엄마도 읽어주기 바랐던 거예요. 아저씨는 그 편지를 쓰기 전에 딸들에게 엄마에 대해서 얘기한 적이 없어요. 아마 상황이 확실해지기를 기다렸던 것 같아요. 자기 마음에 대해서, 무엇보다 엄마의 마음에 대해서.

엄마는 그 편지가 멋지다고 생각했어요. 그러면서 나도 그 편지를 읽기를 바랐지요. 그리고 나 역시 멋진 글이라고 생각했어요.

"사랑하는 딸들아, 너희에게 내 속내를 알리기에 적절한 때가 되었다 생각한다. 당분간은 너희에게만 말해두려 한다……."
예의 작고 가늘고 촘촘한 글씨로 세 장에 걸쳐 이야기하고 있었어요. 딸들에게 상처가 되지 않도록 그들을 낳아준 어머니가 고인이 됐어도 여전히 사랑한다고 재차 말하면서 조심스럽게 엄마에 대해서 이야기했지요. 아저씨의 "진정한 첫사랑" 모니크에 대해서요. "진실만을 말하건대, 마음 깊이 우러나는 애정과 우정으로 부인을 사랑한단다……." 그다음에 엄마 이름과 주소가 명시되어 있었어요. 아저씨는 두 사람의 만남을 상세하게 설명했어요. "나는 한때 그 사람에게 강렬한 '끌림'을 느꼈단다……." 9월의 재회는 "아주 잠깐"이었다고 했고요. 아저씨는 두 개의 고독, 깨어난 감정을 이야기했지요. "아주 오래전 타올랐다가 꺼진 줄 알았던 불씨가 우리도 모르게 기억 속 어딘가에 죽지 않고 남아 있었음을 확인했단다. 그 불씨는 대번에 다시 살아났지……." 아저씨는 "아무 사심 없는 순수한 의도"를 강조하면서 두 사람의 앞날을 그리고 있었어요. 그 편지에는 엄마도 나에게 이렇게 말하고 싶었을 것 같은 문장이 하나 있었지요. "너희들의 엄마를 대신하겠다는 게 아니야. 우리는 그런 생각은 해본 적도 없다. 수십 년 동고동락하며 자식을 낳아준 배우자를, 부부의 행복과 부모의 행복을 벅차게 안겨준 사람을 어떻게 대신하겠니."

그리고 일흔다섯 살 노인의 말이기에 애틋하게 가슴에 콕 박힌 문장도 있었어요. "어쩌면 내가 요즘 들어 자꾸 깜박깜박하고 실수나 부주의가 잦은 이유를 멀리서 찾으면 안 될 것 같구나……."

아저씨의 편지는 이렇게 끝을 맺었어요. "나는 중요한 상황이 아니면 너희에게 편지를 쓸 용기를 내지 못하는 사람이지. 지금은 그런 상황이란다."

엄마는 아저씨가 엄마도 이런 식으로 자식들에게 알리기를 바랄 것 같다고 했어요. 엄마도 우리에게 사정을 설명하는 장문의 편지를 한 통씩 보내는 식으로요. 엄마는 그러지 않았어요. 뭐하러 그러겠어요? 엄마는 마음을 주고받는 사람이 생겼다고 이미 얘기했어요. 우리 삼 남매는 그자비에 아저씨의 존재를 알고 반응의 차이는 있을지언정 모두 받아들였어요. 하지만 우리가 아저씨의 존재를 안다고 해서 그분이 엄마 인생에서 얼마나 중요한 자리를 차지하는 중인지 이해할 수는 없지요. 이미 엄마 마음에서 차지하는 자리, 엄마가 장차 내어줄 자리가 얼마나 큰지는 모를 수밖에요.

아저씨와 우리 사이의 거리가 좁혀지지 않아서 그분은 좀 속상해했어요. 그분은 엄마가 자기 딸 집에 편하게 찾아가도록 한 것처럼, 아저씨도 우리를 허물없이 찾아와 만날 수 있는 사이이기를 바랐을 거예요. 편지지에 잉크의 힘을 빌려 자기를 표현하고 싶었을 거예요.

거실 샹들리에에 달아놓은 겨우살이 아래서 엄마와 나는 뽀뽀를 했어요.* 나는 엄마를 꼭 끌어안았고 엄마는 나 하는 대로 끌려왔어요. 하지만 엄마와 내가 원래 이러고 놀지는 않지요. 4년 만에 처음으로 으레 건네는 덕담, 너무 남발한 나머지 닳고 닳은 새해 인사에 내 진심을 담았어요. 평소에는 별 느낌도 없는 말을, 의미를 생각하면서 엄마에게 건넸어요. 엄마, 새해 복 많이 받으세요.

엄마가 삶의 의욕을 되찾은 지금, 남아 있는 한 해 한 해가 안온하고 행복하기를 소망합니다.

---

* 겨우살이는 크리스마스 장식에 쓰이는 식물로, 남자가 겨우살이 장식 아래로 데려간 여자는 반드시 그 남자와 키스를 해야 하는 풍습이 있다.

서로 만나지 못하다 보니 편지가 오가는 속도가 점점 빨라졌어요. 아저씨는 첫 연애편지 이후로 수십 통을 더 보냈지요. 하나같이 다정한 말, 다시 만날 약속을 쏟아내는 장문의 편지였어요. 어디서 볼지, 언제가 될지는 아직 몰라도 엄마와 아저씨는 조만간, 그래요 조만간 다시 보기로 했지요. 겨울은 그냥 보내야 했어요. 서글픈 잿빛의 날들과 눈 덮인 도로가 그렇잖아도 먼 거리를 더 멀게 만들었어요.

　엄마의 크고 동글동글한 글씨와 아저씨의 파리발처럼 가느다란 글씨로 쓴 수백 행은 그렇게 매주 옥시타니의 오베르뉴와 부르보네의 케르시 사이를 오갔어요. 엄마는 늘 편지를 보내기 전에 초안부터 작성해서 다시 읽어보고, 설명을 덧붙이고, 뺄 건 빼고, 수정을 가했어요. 그다음에 편지 초안은 침대 옆 탁자 서랍 속에 보관했지요. 답장이 오면 초안을 꺼내 같이 읽어보면서 아저씨가 엄마의 질문에 다 답을 주었는지 확인했어요. 두 사람의 편지, 특히 아저씨의 문장은 완전히 옛날식이었어요. 감정의 표현을 극도로 자제하는, 다소 고리타분한 문체 말이에요. 감정은 아주 먼 옛날로 거슬러 올라가고 표면에 드러난 단어도 실제 그 시대의 단어예요.

아저씨와 엄마는 편지가 오간 지 두어 달이 지나서야 겨우 전화 통화를 시작했어요. 엄마는 늘 전화라면 고개를 저었지요. 사람이 얼굴을 보고 얘기해야지 전화선에 의지해서 그러는 건 싫다면서요. 어색하고, 위축되고, 불편하다고 했지요. 전화는 늘 아저씨 쪽에서 걸었어요. 아저씨는 엄마 목소리를 듣고 가깝게 느끼고 싶어 했어요.

그러던 어느 날, 아저씨가 엄마를 초대했어요. 랑드에 있는 자신의 작은 집에 오지 않겠느냐고요. 혼자가 된 후로 아저씨는 그 집에서 지내기가 심심해요. 자식 손주가 찾아오는 일도 별로 없지요. 하지만 거기에는 끝없는 대양, 드넓은 모래밭, 소나무 숲이 있어요. 외진 곳이라서 바다를 보려면 차를 타고 가야 하지만요.

엄마는 열에 들떠 내게 전화를 했어요. 오늘 아침 도착한 편지로 초대를 받았으니 빨리 답을 줘야 하는데 엄마는 어떻게 하는 게 좋을지 잘 몰랐어요. 그래도 되는 걸까……. 요즘 자주 그러듯이 엄마는 혼란스러워하지요.

어떡하지? 수락할까? 좀 더 고민할까? 애간장을 좀 태워야하나? 아니, 그보다 너무 이른 거 아닌가? 얼굴 보고 얘기 나눈 건 딱 한 번, 고작 몇 시간이었는데 서로 뭘 안다고…… 물론 편지는 숱하게 주고받았지만, 그토록 많은 말과 감정을 '나누었지만, 그렇다고 해도 좀 빠르지 않나? 게다가 남서쪽 지방까지 내려가려면 일단 차로 물랭 역까지 가고, 열차를 타고 투르 근처 생피에르데코르에서 내렸다가, 프랑스 철도청 벽시계를 한 시간쯤 노려보면서 대기하다가 보르도행 열차로 갈아타고, 그자비에가 차로 데리러 온다는 닥스에서 내린다…… 꼬박 한나절이 걸리는 여정이에요. 달리 말하자면, 원정 수준이라고요. 엄마는 (환승 없이 열차로 두 시간) 파리행도 불안해하는 사람이잖아요. 엉뚱한 플랫폼으로 갈까 봐, 좌석을 못 찾을까 봐, 여행용 가방을 못 들어 올릴까 봐 전전긍긍해서 역에 한 시간이나 일찍 가잖아요…… 엄마는 지하철을 타면 세 정거장 전부터 자리에서 일어나 내릴 준비를 하지요. 내려야 할 곳에서 못내리고 엉뚱한 동네에서 헤맬까 봐…….

나는 엄마 등을 떠밀었어요. 가세요, 엄마. 기분 전환도 되고좋을 것 같아요. 아빠가 돌아가신 후로 거의 아무 데도 안 갔잖아요.

그러니까 엄마는 갈 거예요. 엄마는 편지지 묶음과 펜을 들고 첫 번째 초안을 작성하기 시작했어요. 줄을 직직 긋고, 삭제하고, 찢어버렸어요. 무엇보다, 마음이 앞서는 티를 내는 건 금물이었어요. 다시 만나고 싶은 마음을 들켜서는 안 되었어요. 반백 년을 서로 없는 것처럼 살았는데 그깟 여덟 달의 기다림이 대수인가요?

이튿날 엄마가 우체부에게 넘긴 편지는 깔끔하고 단정했어요. 행은 반듯하고 글씨는 야무졌지요. 아저씨는 보름간 함께 지내기를 바랐지만 엄마는 엿새만 있다가 오겠다고 타협을 구했어요. 그 후에 나와 함께 브르타뉴로 떠나 두 주간 여행을 할 거라고요.

엄마가 부러워요.

나는 서른 살이고 엄마는 일흔이 훌쩍 넘었어요. 엄마는 시골에서 아주 큰 저택에 혼자 살아요. 머지않아 도시의 소형 아파트로 거처를 옮길 생각을 해야 할 테고, 행여 일이 나쁘게 돌아가면 음울한 요양원에 입소하게 될지도 모르지요. 나는 아직 살아갈 날이 많고 엄마는 인생을 상당 부분 지나왔어요. 그런데요, 나는 엄마가 부러워요.

엄마는 자유로워요. 그 자유는 완전해요. 엄마 인생은 예기치 않은 방향으로 흘러가고 있어요. 일흔다섯 살 애인에게 가는 엄마는 눈이 부셔요. 엄마는 애인이 있어요. 며칠 후면 엄마는 열차를 타고 그 애인을 만나러 가요. 아무것도, 그 누구도 엄마를 가로막지 못할 거예요.

엄마는 행복하고, 나는 질투를 하네요.

우리는 성령 강림 대축일*이 낀 주말을 엄마와 보내러 이 집에 왔어요. 엄마는 잠시도 가만히 있지를 못하네요. 열차표, 경로 우대증, 신분증, 그 모든 것이 엄마의 핸드백 속 조그만 비닐 파우치에 잘 정리되어 있어요. 엄마는 일흔 번째 생일에 그 핸드백을 받았지요. 아빠의 마지막 선물이었어요.

　엄마가 나보고 엄마 방으로 같이 가자고 했어요. 우리는 옷장 앞에 서서 엄마가 랑드 여행에서 입을 옷을 함께 골랐어요. 랑드 쪽은 더울 것 같은데 엄마는 더위를 싫어해요. 햇볕이 내리쬐는 남쪽 지방이 뭐가 좋다는 건지 엄마는 이해가 안 가요. 남서부의 5월 하순 기온을 생각하면 오히려 약간 겁이 나지요.

---

* 성령 강림 대축일 : 가톨릭에서, 그리스도가 약속한 대로 성령이 사도들에게 내려온 날을 기념하는 축일. 부활절로부터 50일 후로 5월 말경이다.

침대 위, 천 가방에 고이 싼 샌들 한 켤레 옆에 엄마는 우리가 고른 옷을 하나하나 늘어놓아요. 치마 하나, 흰 티셔츠 두 개, 블라우스 세 개, 원피스 하나, 도톰한 스웨터 하나, 스타킹 두 켤레, 분홍색 잠옷과 면플란넬 가운. 엄마는 원래 간단하게 아침부터 먹고 샤워를 하는 걸 선호하지만 거기서도 그렇게 할지는 모르는 거고……. 침대에서 일어나 바로 나가더라도 너무 흐트러져 보이지 않아야겠지요. 오래된 실내화는 아쉽지만 챙기지 않기로 했어요. 여차하면 맨발에 바로 신고 나갈 수 있고 노부인 느낌도 덜 나지만 그것까지 가져갈 순 없어요.

엄마는 레인코트도 챙겼어요. 약간 구식이긴 하지만 보기 싫은 바람막이를 제외하면 비가 올 때 입을 옷이 없고 남서부 지방은 비가 자주 오니까요. 그리고 열차 안은 늘 서늘하기 때문에 안색을 돋보이게 하는 날염 머플러도 챙겼어요.

아저씨는 위층의 방 하나를 마련해두겠다고 편지에 썼어요. 엄마 혼자 사용할 욕실도 있고요. 엄마는 샌들을 신을 때 발을 예쁘게 꾸며줄 빨간색 매니큐어와 연분홍색 립스틱도 깜박 잊고 못 챙길까 봐 이미 체크무늬 화장품 파우치에 넣어두었지요.

엄마는 혼자 시간을 보낼 때를 대비해 십자말풀이와 연필도 챙겨 가요. 열차에서 읽을 책 한 권도요. 물론 환승역을 놓칠지 모른다는 걱정과 아저씨를 드디어 만난다는 설렘 때문에 책 읽을 정신은 없겠지만요.

출발일은 토요일이에요. 이제 닷새 남았고 닷새면 바로 내일이나 다름없어요. 월요일인 오늘 저녁에, 우리는 엄마 방에 가서 안녕히 계시라는 인사를 남기고 돌아갈 거예요. 엄마의 빨간색 여행용 캐리어가 침대 옆 의자에 펼쳐진 채 놓여 있어요. 그 안에 이런저런 물품을 얌전하게도 정리해두셨네요.

엄마는 준비가 됐어요.

닷새. 닷새 후에 엄마는 떠나요. 그자비에 오빠가 금요일 저녁에 와서 자기 차로 다음 날 물랭 역까지 엄마를 모시고 가기로 했어요. 그렇게 하는 게 안심돼요. 아빠 차는 좀 낡기도 했고 엄마가 직접 운전하고 가서 물랭 역 주차장에 일주일 내내 세워두기도 뭐하잖아요. 게다가 엄마도 거기서 파리로 바로 오는 게 더 편할 거예요. 우리 집에서 주무시고 토요일 아침에 우리가 모셔다드리면 우리도 거기서 주말을 보내고 올 수 있지요. 그러니까 돌아가는 길은 나하고 남편이 책임지고 출발은 그자비에 오빠가 수고를 해줄 거예요. 이제 엄마 인생에 그자비에가 둘이 됐으니 엄마 아들 그자비에를 말하는 건지 그자비에 아저씨를 말하는 건지 우리도 늘 분명히 하는 버릇을 들여야 할까 봐요. 만약 그분이 우리 인생에도 들어온다면 우리에게도 그자비에가 두 명이 될 테니까.

닷새는 아무것도 아니죠. 이제 편지가 한 번 더 오고 갈 시간도 없어요. 아저씨의 전화는 없었어요. 가장 최근에 보낸 편지에 도착 상황, 엄마의 열차 시간표, 아저씨가 엄마를 마중 나올 장소 등이 상세하게 설명되어 있었어요. 아저씨는 엄마가 어떻게 내려갈 계획인지 알려준 정보를 잘 기억하고 있다고 거듭 확인하고 자기가 시간 맞춰 나가겠다고 약속했어요. 거기서 기다리고 있겠다고요.

엄마가 집 안에서 왔다 갔다 하는 모습이 눈앞에 그려져요. 책이나 십자말풀이에 몰두하고 싶어도 도무지 정신을 한군데 잡아둘 수 없겠지요. 엄마는 발판 사다리에만 올라가도 어지럽다고 하는 사람인데 지금은 아마 벼랑 끝에 서 있는 심정일 테지요. 애인과의 거리를 좁히는 하루하루는 엄마가 올라가는 사다리의 한 칸 한 칸이지요. 엄마가 그분을 생각할 때마다 다리는 휘청거리고 몸뚱이는 발밑에 열리는 허공으로 끌려갈 것 같아요. 그래서 엄마는 쭈뼛대고 흔들려요.

나는 빨래를 널면서 밀회를 앞두고 있을 때의 그 무너지기 쉬운 시간을 생각해요. 그 사람을 생각하는 것만으로도 사소한 몸짓과 생각까지 흔들려요. 나는 멍하니 허공을 바라보며 이 건조대에 빨래를 널던 그날을 떠올려요. 내가 지각하는 모든 것에서 타인의 이미지와 목소리가 떠오르던 그날을. 묘한 우울감이 나를 사로잡네요. 나는 엄마가 겪을 준비가 되어 있는 그 모든 일에 노스텔지어를 느껴요.

엄마는 떠났어요. 열차를 타고, 다른 열차로 갈아타고, 한 번더 갈아탔어요. 엄마가 떠나기 전날 저녁 식사 후에 전화를 걸었지요. 아직 이른 시각이었는데 엄마는 벌써 침대에 누워 텔레비전을 보고 있다고 했어요. 아빠가 돌아가신 후 텔레비전을 엄마방으로 옮겨드렸지요. 엄마가 밤이 너무 조용하니 적적해서 힘들어했잖아요.

"내가 바보 같은 짓이나 저지르지 않았으면 좋겠다!" 엄마는짐짓 쾌활한 목소리로 나에게 말했어요.

나는 엄마를 안심시켰어요. 아니에요, 엄마, 엄마가 왜 바보같은 짓을 해요. 그냥 좀 불안한 거예요. 설레고 마음이 앞서면내가 불안한 건가 싶을 수 있어요. 엄마는 지금 행복한 거예요.행복이라는 감정이 너무 오랜만이라서 그럴 거예요.

일주일 내내 엄마를 생각했어요. 엄마가 잘 도착했는지조차 모르고 있어요. 나는 연락을 받지 못했어요. 엄마는 전화를 주지 않았고 내가 연락할 수 있는 번호도 남기지 않았어요. 나는 그냥 엄마가 역에서 열차를 잘 타고 갔다는 것밖에 몰라요.

희한해요. 아빠가 돌아가신 후 처음으로 엄마가 어디 있는지 내가 모르는 상황이 왔네요. 물론, 엄마는 닥스 역에서 20킬로미터 떨어진 랑드 지역의 '페이'에 있겠지요. 하지만 나는 엄마가 마을 안에 있는 집에 있는지 인적 없는 시골의 외딴집에 있는지 몰라요. 적어도 엄마가 누구와 함께 있는지는 알지요. 엄마는 그자비에 아저씨와 있어요. 아저씨 집에. 둘이서.

둘이서 하루를 어떻게 보내고 있을까요? 다른 사람들도 만나려나요? 만약 그렇다면 아저씨는 엄마를 어떻게 소개할까요? 장시간 산책을 나가면 서로 팔짱을 낄까요, 손을 잡고 다닐까요? 아저씨가 엄마를 바다에 데려가주었을까요? 바닷물이 빠지고 드러난 모래밭을 맨발로 걸었을까요? 아니면, 둘이서 어깨를 나란히 하고 모래 언덕에 앉아서 두루마리가 펼쳐지듯 밀려오는 파도를 구경했을까요?

엄마와 아저씨는 무슨 얘기를 할까요? 옛날 앨범을 들춰보며 함께 오래된 사진을 구경할까요? 어제가 차츰 오늘에 합류하고 과거가 현재를 따라잡는다면, 미래도 조금은 두 사람의 대화 속에 파고들까요? 엄마와 아저씨는 잘 자라는 인사를 어떻게 나눌까요?

엄마는 마침내 그때 아저씨가 왜 떠났는지 알게 될까요?

오늘, 점심시간 후에 드디어 엄마가 전화를 했어요. 내일 오후 내가 가서 기다리기로 한 역에 잘 나와 있으라는 얘기였지요. 내가 행여 엄마를 잊고 있을까 봐 말이에요. 내가 엄마의 도착 시각을 확실히 알고 있는지 확인하고 싶었던 거죠. 내가 엄마에게 잘 지내고 있는지 물었더니 엄마는 그래, 아주 잘 지내, 라고 대답했어요. 엄마는 길게 얘기하고 싶지 않은 눈치였어요. 전화로 엄마가 약간 어색해하고 불편해하는 기색이 느껴졌어요. 아저씨가 바로 옆에 있었겠지요.

내가 모르는 그 집에서 엄마가 어떻게 생긴 방을 썼을까 궁금해요. 나는 단지 엄마 옆에, 바닥이나 의자 위에 펼쳐진 캐리어에 엄마 물건들이 출발할 때처럼 얌전하게 정리되어 있을 거라는 것만 알아요. 내일 아침 식사 후에 거기에 화장품 파우치와 머리빗을 넣을 거예요. 여행을 준비할 때면 늘 그렇듯 엄마는 신경이 조금 날카로워져 있겠지요. 열차표를 몇 번이나 꺼내어 출발 시각을 확인하고, 조금 있다가는 환승역을 확인할 테지요. 그리고 엄마는 오늘 밤잠을 설칠 거예요.

오늘 아저씨와 엄마는 마지막으로 저녁을 함께 보내요. 이제 곧 엄마는 다시 먼 곳으로 가요. 월요일부터 엄마는 우체부를, 작은 감색 글씨가 적히고 포도주색 박엽지로 속을 댄 봉투를 애타게 기다리는 생활로 돌아가요.

서로를 다시 알게 된 지금, 엄마와 아저씨의 관계는 두 사람을 어디로 데려갈까요? 금방 또 보자고, 푹푹 찌는 여름에도 함께하자고 약속할까요? 이제 아저씨가 엄마 집으로 와서 같이 지내다 가는 거예요? 아저씨가 너무 늦게 오지 않는다면 텃밭은 그때까지도 분홍 작약의 향기가 가득할 거예요.

플랫폼 끝, '보르도'라는 표지판 아래서 엄마를 기다려요. 환승역을 지나치지만 않았다면 엄마는 여기서 내릴 거예요.

나는 뭉클해 있었어요. 열차가 도착하고 떠나는 모습은 언제나 내 눈시울을 뜨겁게 해요. 희뿌연 베일 너머, 엄마가 보여요. 엄마가 낡은 레인코트를 팔에 걸치고 바퀴 달린 빨간색 캐리어를 끌고 와요.

엄마는 장장 여덟 시간의 여행에 녹초가 되었어요. 머리는 부스스하고 남서부의 강한 햇살에 색이 좀 바랜 것 같아요. 닥스에서 파리까지면 프랑스를 거의 가로지르는 여정이지요. 나는 엄마 캐리어를 받아 끌고 팔짱을 끼고 버스 정류장 쪽으로 나가요. 오후 이른 시간이라 사람이 별로 없어서 우리는 나란히 앉을 수 있어요. 엄마가 버스표를 검표기에 찍었어요. 엄마는 파리에서 300킬로미터도 더 떨어진 곳에 살면서도 늘 파리

시내 버스표를 지갑에 가지고 다니기 때문에 내가 표를 사드릴 필요가 없어요.

나는 내가 평소 서재로 쓰는 방을 준비해뒀어요. 엄마에게 배운 대로 침대 위에 타월 두 장과 목욕 장갑을 놓아두었지요. 엄마는 손님이 자고 갈 일이 있으면 늘 엄마가 "핸드 스펀지"라고 하는 목욕 장갑과 "벌집"이라고 하는 세안용 타월과 샤워 후 몸을 닦을 수 있는 대형 타월을 침대 위에 준비해두지요. 엄마가 짐을 풀고 쉬는 동안 나는 김이 모락모락 나는 차와 비스킷 몇 개를 거실에 차렸어요. 엄마가 제일 좋아하는 팔레 브르통* 이에요.

엄마가 거실로 나왔어요. 여독이 풀리지 않았지만 얼굴이 한결 편안해 보여요. 엄마 얼굴, 특히 코가 많이 탔어요. 엄마는 바닷바람을, 대양의 공기를 쐬고 왔지요. 엄마 눈, 엄마 입술, 엄마 목소리에서 뭐가 변했는지 찾아보고 싶은 마음을 억누를 수가 없어요. 거기서, 우리에게서 먼 곳에서, 그분 곁에서 보낸 날들의 자취를 찾고 싶어요. 다른 곳의 흔적을 찾고 싶어요.

엄마는 새벽의 해돋이, 선선한 아침, 보르도에 있는 생장 역에서 한 환승을 이야기했어요. 그러고는 열차의 에어컨이 고장

---

* 팔레 브르통 : 버터를 많이 넣어서 구워내는 브르타뉴 지역의 전통적인 과자.

나서 정오 무렵은 덥더라, 스웨터를 깜박 놓고 내릴 뻔했다는 얘기도 했어요. 하지만 아저씨 얘기는? 두 사람의 얘기는? 나는 궁금해 죽겠는데 엄마는 감질나게 변죽만 울리네요. 나는 더는 참을 수 없었어요. 그래서 엄마를 슬쩍 찔러보았지요.

"그래서요?"

엄마는 이야기를 꺼내기 시작했어요. 일단 물꼬가 터지자 다다다다 말이 쏟아졌어요. 엄마는 거의 숨도 쉬지 않고 말꼬리를 이어갔어요. 단어를 놓칠까 봐, 기억이 도망갈까 봐, 시간이 더없이 아름다운 이미지를 남겨놓고 다시 달려갈까 봐 두려운 사람처럼요. 엄마는 내 생각을 묻고, 소리 내어 웃고, "무슨 말인지 알겠니?", "생각해봐······.", "놀라서 기절할 뻔했어!"라는 말을 몇 번이나 했는지 몰라요.

하지만 그건 진짜 속에 있는 이야기가 아니었어요. 엄마는 아저씨네 집, 엄마가 썼던 방, 창을 내서 아래층 방을 힐끗 볼 수 있는 마룻바닥, 기본 시설밖에 없는 욕실, 엄마가 정리에 나서지 않고는 못 배겼던 낡은 주방을 묘사했을 뿐이지요. 엄마는 그 집 냉장고에서 이미 유통 기한이 몇 주는 지난 파테, 햄, 요구르트, 그 밖의 온갖 유제품과 식품 병을 싹 비웠어요. 찬장에는 소비 기한이 이미 몇 년 전에 지나버린 통조림들도 있었다지요.

아저씨는 엄마를 산책에 데려갔어요. 엄마가 한 번도 가보지 못한 고장을 보여줄 수 있어 뿌듯해했지요. 엄마는 프랑스 남서부는 바스크 지방에, 그것도 허구한 날 비가 오는 여름에 가본 게 전부지요. 아저씨와 엄마는 그 지역의 작은 농장들을 둘러보았어요. 아저씨는 엿새 동안 엄마에게 푸아그라, 쿠 파르시*, 오리 가슴살 스테이크, 거위 콩피를 푸짐하게 차려주었어요. 엄마는 체중이 몇 킬로그램은 는 게 아닌가 걱정이에요. 어느 날 저녁, 아저씨는 샴페인을 한 병 땄어요. 엄마가 샴페인을 좋아한다고 했던 걸 기억하고 있었던 거예요. 엄마는 그때 좀 "알딸딸해졌다"고 고백했지요.

아저씨는 자기 아내 미셸의 묘지에 엄마를 데려가고 싶어 했어요. 엄마는 차마 싫다고 말하지 못했지요. 아저씨를 기쁘게 해주려고 그분과 50년을 해로한 여자의 무덤에 간 거예요. 엄마는 나에게도 그 여자분 얘기를 조금 했어요. 거실에 사진 액자가 놓여 있었는데 엄마가 먼지를 털어줬다, 아저씨가 그 액자를 가리키며 자신이 사랑했던 여자이자 자기 딸들의 어머니라고 말했다. 네, 그 여자는 엄마가 옛날에 들었던 소문과는 달랐

---

* 쿠 파르시: 거위나 오리의 목 부위에 다진 고기, 푸아그라, 쌀, 채소 등을 채워서 구워낸 요리.

어요. 엄마네 집보다 훨씬 돈이 많은 집 딸도 아니었고요. 그러니까 아저씨가 치사하게 처가를 보고 결혼했다는 건 사실이 아니에요. 아저씨는 그녀의 마음씨에 반했던 거예요. 아니, 그럼 엄마는요? 엄마 마음씨에는 반하지 않았다는 거예요?

묘지에 다녀온 다음 날, 아저씨와 엄마는 오스고르*에 가서 해변을 거닐었어요. 그날은 아저씨가 엄마를 기쁘게 해줄 차례였어요. 아저씨는 바닷가에 별 감흥이 없어서 가까이 살아도 갈 일이 없었어요. 아저씨는 바닷가가 지루했어요. 자기 집 정원을 훨씬 더 좋아해서 만날 가지치기, 갈퀴질, 가래질, 잔디 깎기에 시간 가는 줄 모르지요.

주중에 엄마와 아저씨는 타르브에 갔어요. 가는 데만 120킬로미터, 차로 왕복 240킬로미터를 달린 거예요. 두 사람은 장거리 운전이 두렵지 않아요. 타르브는 국경이 가까워 군이 주둔해 있는 도시인데 아저씨 딸 중 하나가 직업 군인과 결혼해 거기 살아요. 아저씨와 엄마는 거기서 점심을 먹고 테라스에서 커피도 한잔하고 저녁은 돌아와 집에서 먹기 위해 페이로 출발했어요. 엄마는 아저씨 딸 얘기도 조금 했어요. 매력적인 사람이고 아이들도 참 잘 키운 것 같다고요. 특히 열 살 남짓한 아

* 오스고르: 대서양과 면해 있는, 해변이 아름다운 랑드 지역의 관광 명소.

들내미가 마음에 남는다고 했지요. 그 애는 할아버지가 "B. 부인께 인사드리렴" 했더니 제 딴에는 잘한답시고 쩌렁쩌렁한 목소리로 "안녕하세요, B. 부인!"이라고 고함을 질렀다지요. 엄마는 그게 재미있었어요. 그 자비에 아저씨는 기겁하면서 "아이고, 너는 그냥 안녕하세요, 라고만 하면 돼!"라고 했지만요.

매일 저녁, 그러니까 저녁 7시 무렵이면 엄마는 이미 주방 일로 바쁘고 아저씨는 개 밥그릇을 채워주고 개를 밤에만 재우는 개집까지 데려다주지요. 그래요, 엄마가 나한테 미처 말은 안 했지만 아저씨는 개를 키워요. 아이리시 세터 품종의 "아주 얌전한" 개인데 아저씨가 무척 아껴요.

저녁을 먹고 하루가 끝나갈 때면 둘이서 안락의자를 하나씩 차지하고 가까이 앉아 십자말풀이 칸을 채우면서 시간을 보내지요.

돌아오는 날 아침, 아저씨는 슬퍼했어요. 닥스 역 플랫폼에서 아저씨는 감정이 북받쳐 엄마를 끌어안았지요. 아저씨는 엄마를 더 붙잡아놓을 수 있으면 좋겠다고 말했어요.

"엿새면 됐어, 그걸로 충분했다." 엄마가 내뱉듯 말했어요. 말을 너무 많이 한 탓에 약간 숨이 찬 것 같았지요. 그러고는 이 말을 덧붙였어요. "조금 지루해지려던 참이었어……. 내 집에 돌아간다 생각하니 좋구나……. 게다가 딸기도 빨리 따야 하고, 깍지콩은 말할 것도 없고……. 밀린 밭일 하다가 허리가 꼬부라지게 생겼어!"

내가 누구를 닮아서 자존심 빼면 시체인지 알겠네요. 왜 엄마와 나는 슬프고 서운한 일이 있어도 내색을 못할까요? 왜 우리는 누군가를 사랑한다고 고백하기가 이렇게 힘이 들까요? 누군가가 보고 싶은 마음을 왜 인정하지 못할까요?

엄마, 내가 엄마를 몰라요? 몇 달 전부터 엄마가 변하는 모습을 지켜봤어요. 편지가 늦어지면 불안해하고 자꾸 멍하니 딴생각에 잠기잖아요. 오늘 엄마는 아저씨 얘기를 하면서 입가에 번지는 미소를 억누르지요. 그 미소가 말이 억제하는 감정을 알려주지요. 때때로, 엄마는 내가 보지 않는다고 생각할 때 그 우수 어린 미소를 천사들에게 지어 보여요.

엄마는 감정을 드러내는 사람이 아니었어요. 엄마는 평온하고 화목한 가정에서 나고 자랐는데 집안 분위기 자체가 긍정적 감정이든 부정적 감정이든 표를 내지 않는 편이었어요. 나는 외할아버지 외할머니를 참 좋아했지만 내가 기억하기에도 두 분은 좋고 싫음을 크게 드러내지 않고 그저 말없이 정을 주셨던 것 같아요.

　내가 어릴 때 엄마는 정말 다정했어요. 하지만 "배를 띄웠습니다, 뱃삯은 내셨나요? 아니라고요? 물에 빠뜨려버리겠습니다!" 식으로 놀아주는 시기가 지나자 엄마는 어느 정도 거리를 두었어요. 우리 모녀의 관계는 여전히 융합적이었지만 예전처럼 껴안고 물고 빠는 일은 거의 없었지요. 내가 속상하고 슬퍼할 때 엄마는 위로와 힘이 되는 말을 해주었지만 무조건 안아주지는 않았어요. 나도 엄마 품이 그립거나 하지는 않았던 것 같아요. 일찍부터 주위에 사람 없이 사는 법을 배웠으니까.

말이 엄마와 나 사이의 공간을 채워주었어요. 말이라는 끈이 우리를 하나로 묶어주었지요. 우린 정말 많은 얘기를 나눴어요. 언제나, 모든 것에 대하여, 어디서나. 식탁이고 주방이고 거실이고 장소를 가리지 않았지요. 아빠가 놀랄 정도로요. "아직도 둘이 할 얘기가 있단 말이야?" 말수가 적은 아빠는 이따금 내 어깨에 손을 얹고 머리칼을 매만지거나 어설픈 몸짓으로 나를 안아보려고 했어요. 그러면 나는 아빠를 밀어냈어요. 난 이제 다 컸고 다 큰 딸은 아빠하고 편하게 껴안고 그러지 않잖아요. 딸의 대화 상대는 엄마죠. 엄마와 딸은 아빠가 이해할 수 없는 이야기를 나누는 법이에요. 여자들끼리 말이 통하니까. 그래서 아빠가 섭섭하더라도, 속상해하더라도 어쩔 수 없지요. 나는 오랫동안 내가 성장한다는 게 그런 거라 생각했어요.

아빠는 엄마에게도 다가가려고 노력했어요. 아빠가 엄마 무릎에 손을 얹고 다리를 정답게 어루만지는 모습을 자동차 뒷좌석에서 얼마나 많이 봤는데요. 엄마는 그때마다 부드럽지만 단호하게 아빠 손을 운전대로 되돌려놓고 치마의 매무새를 정돈했어요. 엄마 아빠가 껴안고 있는 모습은 한 번도 못 본 것 같아요. 엄마와 아빠는 서로의 옆에서 살고 있었고 그 사이에는 내가 있었어요.

닥스 역 플랫폼에서 그자비에 아저씨가 껴안았을 때, 엄마는 뿌리치지 않았지요. 아저씨와 엄마 사이에는 아무도 없었어요. 그저 만회해야 할 세월이 있었을 뿐.

엄마는 아저씨와 키스했어요. 지금 막 나에게 고백했지요. 차 안에서, 운전대를 꼭 잡은 채, 국도를 노려보면서요.

나는 아연실색해서 엄마를 바라보았어요.

충격이었어요. 랑드에서 돌아온 지 한 달이나 됐는데 오늘에서야, 여기 브르타뉴의 도로 한복판에서, 갑자기 침묵을 깨고 이렇게 터뜨린다고요?

그자비에 아저씨가 엄마랑 키스했어요. 믿기지 않아서 거듭 되뇌어보네요. 스무 살 혹은 열세 살 때 같은 진짜 키스라니요. 디디에가 의사 선생님 딸이랑 했던 것 같은 키스라니요.

엄마는 늘 나한테 키스를 좋아하지 않는다고 했잖아요. 키스에 불쾌감을 느낀다면서요. 난 그게 이해가 안 됐어요. 나는 늘 키스를 기분 좋은 일로 여겨왔으니까요. 그런데 일흔다섯이 내일모레인 나이가 되어서야 비로소 나와 생각이 같아진 거예요?

엄마는 좀 거북해했지만 정면을 응시한 채 침착하고 당당하게 말했어요. 그 말을 던지는 방식에서 뭐라 콕 집어 말할 수 없는 허세랄까, 도발이 느껴졌어요.

나는 엄마의 고백을 어떻게 받아들여야 할지 모르겠어요. "아, 그래요?"가 내가 할 수 있는 대꾸의 전부였어요.

6월의 브르타뉴, 우리 둘 모두의 감미로운 유예의 시간. 아빠가 돌아가신 후로 일종의 연례행사가 되었네요. 일 년에 한 번, 엄마와 내가 우리 아들을 데리고 피니스테르 남쪽에서 꼬박한 주를 보내는 것도 벌써 네 번째니까요. 우리가 땅끝의 곳, 해변과 어항(漁港) 사이에서 찾아낸 소박한 숙소는 볼품없어 보일지언정 참 편해요. 집주인은 우리에게 집을 빌려주기 전에 냉장고에 차게 재워둔 사과주가 있다고 알려주고 큰 꽃병에 수국을 꽂아두었지요. 덕분에 레이스 침대 커버, 분홍색 벽지, 침대 옆 금빛 탁자에 대한 불만은 사그라들었어요.

우리는 카프코즈 만에 저녁 늦게까지 비추는 해를 누렸어요. 곰새우, 바닷가재, 크레이프, 사과주를 실컷 먹었지요. 우리는 바닷가를 따라 오래오래 걸었고, 때로는 자동차로 케랑비고른 모래 언덕까지 가보았어요. 매일 아침 엄마는 검은색 수영복

위에 꽃무늬 비치가운을 걸치고 파란색 에스파드리유*를 신어요. 머리를 직사광선에서 보호하기 위해 챙이 위로 접힌 보기 싫은 벙거지 모자를 쓰는 것도 잊지 않아요. 그 모자는 내가 영국에서 지낼 때 산 물건이지요. 내가 그때 한창 미쳐 있었던 이탈리아 남자가 그 모자에 마커로 자기 이름을 썼어요. 세탁기에 몇 번을 돌렸는데도 대문자로 큼지막하게 쓴 '파올로'는 완전히 지워지지 않았어요.

오후에는 바닷물의 수온이 16도까지 올라가지만 그래도 엄마한테는 물이 좀 차요. 내가 헤엄을 치는 동안 엄마는 물에 발만 담갔다가 조금씩 깊이 걸어 들어가고 개구리헤엄을 좀 치다가 덜덜 떨며 비명을 지르지요. 우리는 햇볕에 몸을 말려요. 그런 다음 선크림을 처덕처덕 바르고 하늘에 오고 가는 구름을 따라 웃옷을 걸쳤다 벗었다 하면서 꾸벅꾸벅 졸지요.

공기가 선선해지기 시작할 때 엄마는 비치백에서 턱받이처럼 고무줄이 달린 대형 타월을 꺼내요. 나는 어릴 때부터 엄마가 그 타월을 쓰는 걸 봤어요. 고무줄에 머리를 통과시키면 타월로 몸을 감싼 채 옷을 갈아입을 수 있지요.

---

* 에스파드리유 : 캔버스 소재나 면으로 발을 감싸고 고무창과 뒤꿈치를 밧줄로 엮듯이 만든 편한 신발.

저녁을 먹고 나서 아들내미를 재워놓고 엄마와 나는 거실 겸 주방으로 나와요. 길어진 해가 통유리 창 너머로 서서히 사라지면서 파스텔의 색감을 자아내고 내밀한 대화를 부추길 때, 우리는 예전의 대화를 되찾아요. 수면의 시간을 앞둔 아늑하고 마음 편한 시간에 엄마는 훤한 대낮에는 나에게 하지 않는 말을 입 밖으로 내지요. 그럴 때 엄마는 그자비에 아저씨 이야기를 꺼내요. 오로지 그 얘기만 하지요.

여름은 갔어요. 각자 자신의 자리에 남아 자식과 손주를 맞이했지요. 엄마는 엄마가 사는 시골에서, 아저씨는 아저씨가 사는 고장에서. 서로의 부재를 채우려는 편지가 다시 춤추듯 오가기 시작했어요.

우리 가족은 엄마 집에서 두 주를 보냈어요. 여름휴가의 나머지 시간은 바닷가에서 보내는 쪽이 더 좋았고요. 엄마 집에는 아빠와 엄마가 우리를 위해 만들어놓은 수영장이 있지만 그보다는 진짜 해변에 비치 타월을 펼치고 싶었어요. 아빠는 9월 말에도 레인을 따라 횡영을 한다든가 그 수영장을 쏠쏠하게 이용했지만 엄마는 사실상 발을 들인 적도 없어요. 8월의 폭우가 닥치기 전 7월의 한복판에, 무더위에 숨이 턱턱 막힐 때, 엄마는 오히려 방으로 들어가 덧창을 모조리 닫고 두터운 벽이 간직한 냉기에 의지했지요.

아빠가 돌아가신 것만으로도 여름이 길게 느껴졌는데 이제 엄마에게 여름은 끝이 없을 것만 같지요. 엄마의 고독은 변했어요. 공허감은 그리움에 자리를 내어주었고 조바심이 체념 어린 평온을 밀어냈어요. 꿈이 후회를, 가을의 기약이 노스탤지어를 대신하지요.

드디어 8월이 저물어갈 때, 무성한 나뭇잎이 부르르 떨리고 처음으로 나뭇잎 몇 장이 떨어지기 시작할 때, 자연이 긴 잠에 들어갈 채비를 할 때, 엄마는 슬슬 되살아나요. 울창한 나무 뒤로 매일 점점 더 일찍 떨어지면서 여름의 몰락을 앞당기는 태양은 시간의 흐름에 박차를 가해요. 엄마는 쪼그라드는 시간의 환상을 음미해요. 젖은 흙내를 풍기는 최초의 고약한 날들은 엄마와 아저씨의 좋은 날이 돌아올 것을 예고하지요. 비의 나날이 시작되면 아저씨는 엄마에게 돌아올 거예요.

10월의 그 주말에 엄마는 우리 모두를 엄마 집으로 불렀어요. 아저씨가 처음으로 엄마 집에서, 그러니까 우리의 본가에서 한 주를 지내고 가겠다고 알려왔어요. 아저씨는 점심시간에 맞춰 오기로 했어요. 이제 우리 모두 아저씨를 만나게 되겠지요. 엄마는 걱정이 많아요. 아저씨가 우리 마음에 들기를 간절히 바라요. 엄마가 엄마 자식들을 모를 리 있나요. 매사에 비판적이고 걸핏하면 빈정대기 일쑤인 자식들이잖아요. 그래서 엄마는 좀 두려워요.

아저씨에게도 쉽지 않기는 마찬가지일 거예요. 온 가족이 모인 자리에서 좋은 인상을 줘야 한다는 게 부담스럽지 않겠어요. 우리 중 몇몇은 유보적이고 몇몇은 재미있는 일이라고 생각하지만 어쨌든 다들 아저씨가 어떻게 생겼는지 보고 싶어 하지요. 엄마를 겨울에서 봄으로 데려오고, 엄마의 삶에 다시 색을 더하고, 엄마의 심장을 다시 뜨겁게 한 사람이니까요.

나 역시 그분에게 좋은 인상을 남기고 싶어요. 나는 내 방 거울 앞에서 괜히 선웃음을 치면서 몸단장을 했어요. 아저씨가 나를 마음에 들어 하면 좋겠어요. 싹싹하고 정 많고 약간은 매혹적으로 보이고 싶어요, 엄마처럼요. 나도 그분을 좋게 생각하고 싶어요. 엄마의 인연이면 나와도 인연이고 엄마와 이토록 가까워진 분이니 나도 가까워져야지요.

아저씨는 약속 시각에 맞춰 왔어요. 약간 낡은 흰색 푸조 스테이션 왜건을 직접 몰고 왔지요. 흡연이 가능한 휴게실에서 기다리고 있던 우리는 창 너머 개암나무 울타리를 따라 자갈 깔린 마당을 부드럽게 가로지르는 그 차를 눈으로 따라갔어요. 아저씨는 그네로 향하는 통로의 백 년 묵은 호두나무 아래, 아무것도 자라지 않는 땅에 차를 세웠어요. 나는 창유리에 얼굴을 바짝 대고 호두가 떨어져 차체 지붕에 부딪혀 깨지면 흰색이라서 표가 날 텐데, 라는 생각을 했어요.

우리는 휴게실에서 나와 손님을 맞을 채비를 했어요. 아저씨 딴에는 대단한 용기를 낸 셈이지요. 아저씨네 가족에 비하면 우리 가족은 몇 명 안 되지만요. 엄마는 삼 남매를 두었고 손주가 여덟 명이지만 그쪽은 손주만 서른 명쯤 되니까요. 자세히 들어가자면 아저씨는 딸만 다섯이고 그중 한 명은 수녀가 되었기 때문에 자식이 없지만 다른 딸 하나가 애를 열한 명이나 낳았다지요. 어쨌든 그 딸이 그렇게 애를 많이 낳은 것도 신과 관련이 있을 거예요. 오빠들은 각자 자식을 네 명, 세 명 두었고 나는 달랑 하나만 낳았으니 그 집에는 명함도 못 내밀지요. 엄마가 그 집 가족이 모두 모인 자리에 처음 인사를 간다면 얼마나 겁이 날까요.

엄마는 감회에 젖었어요. 지난번 만남 이후 시간이 많이 흘렀지요. 여름이 다 가고 이제 가을이에요. 넉 달은 긴 시간이지요. 심장이 거세게 뛸 때는 빈자리를 편지로 메우기가 힘들어요. 우리는 잠시 두 분만 얘기를 나눌 수 있도록 먼저 정원으로 가시게 했어요. 그러고는 시간을 좀 두고 우리도 한 명씩, 전혀 자연스럽지 않은 상황인데도 세상 천지에 자연스러운 척 정원으로 나갔지요.

아저씨는 미소를 지으며 오빠들에게 인사를 하고 올케들의 손에 입을 맞추었어요. 엄마 손주들하고는 볼을 맞대고 한 명한 명 이름을 물어보고 누구 아들 혹은 딸인지 확인했지요. 내가 다가갔더니 아저씨가 뺨을 내밀면서 물어보는 거예요.

"그래, 어느 쪽 따님이실까?"

내가 손녀가 아니라 막내딸이라고 했더니 아저씨는 실례했다고, 자기가 착각했다고 하면서 내 손에 입을 맞추었어요. 그런 인사법은 익숙지 않아서 좀 당황스러웠지요.

그렇게 소개는 끝났어요.

가을의 초입, 우리는 햇살 아래 정원에 상을 차렸어요. 일 년 이 좀 더 된 엄마와 아저씨의 첫 재회 때도 햇살이 딱 이랬지요. 큰오빠가 식전주를 들고 왔어요. 내가 아빠에게 선물한 오래된 버들가지 바구니에서 술병과 잔이 부딪치는 소리를 들을 때마다 가슴이 미어지는 것 같아요. 너무나도 친숙한 소리, 아빠가 마르티니크산(産) 럼주, 얼음 버킷, 사탕수수 시럽, 라임, 오래된 나무 수저에 앤틸리스 제도 여행 때 사 온 인형 머리 달린 알록달록한 덮개를 씌워 들고 오는 소리지요. 나는 잊으려고, 아직도 내게 생생한 과거를 엄마의 더 오래된 과거와 섞지 않으려고 애썼어요. 엄마의 과거는 아주 먼 데서 돌아와 애도의 시간을 차츰 지워버려요. 나는 아직 제자리인데 사실 이 모든 일은 일사천리였지요.

럼주가 화끈하면서도 부드럽게 내 목을 타고 내려가는 동안 내 시선은 엄마에서 아저씨로 옮겨 가요. 아저씨는 백발을 뒤로 넘겨 빗었고 남쪽 사람답게 볕에 그을린 피부에 눈동자가 아주 새파래요. 내가 머릿속으로 그렸던 이미지와는 닮지 않았어요. 나는 실망했을까요? 모르겠어요. 키가 큰 분을 상상했는데 실제로는 그리 크지 않았어요. 그래도 잘생긴 분이더군요. 단지, 그분의 인상에서 어떤 면이 마음에 걸렸어요. 나는 아저씨가 좀 더…… 푸근한 인상이면 좋았을 것 같아요. 나는 엄마가 조금 더 살집이 있고 조금 더 편안해 보이는 분을 만나기를 바랐나 봐요. 아저씨는 군인 출신다운 꼿꼿한 우아함이 있는 사람이었어요. 사람 좋은 우리 아빠, 세월에 허리가 굽고 어깨선이 무너져 키가 줄어든 우리 아빠와는 영 딴판이지요. 아저씨는 허리를 쭉 펴고 고개를 꼿꼿이 들고 미래에 도전하듯 지평선을 바라보는 사람이었어요. 아저씨는 아마 뒤를 돌아보지 않는 사람일 테지요. 자신 있게 능선을 향해 나아가는 사람. 그 너머는 두려워하지 않는 것처럼 보이는 사람.

아저씨는 우리와 있어도 아주 편안해 보였어요. 다소 허둥대는 엄마보다 되레 더 편안한 것 같았어요. 사교계를 아는 남자답게 한 사람 한 사람에게 다정하게 말을 건네고, 물어봐야 할 것을 물어보고, 관심을 보이고, 미소 짓고, 소리 내어 웃었어요. 나는 엄마를 봤어요. 엄마가 어색해하는 게 역력하게 느껴져서 측은했어요. 엄마는 몸 둘 바를 모르는 것 같았고, 말하는 것도 평소 같지 않았어요. 평소보다 큰 소리로 웃고, 우리에게 말을 거는 태도도 평소와 다르다 못해 부자연스러울 지경이었지요. 때때로 나는 엄마가 보여주고 싶은 우리의 이미지와 우리의 실제 이미지가 다른가 보다 생각했어요. 마치 엄마 인생의 새로운 남자가 지닌 멋이 우리의 멋을 가려버린 것 같았어요. 그래서 우리의 서투름, 예의범절에 어긋나는 행동, 오래전부터 우리의 교육에 허용되었던 자유가 도드라져 보이는 것 같았지요. 뭐라 꼭 집어 말할 수 없는 감정이지만 내 착각은 아니라고 생각해요. 엄마가 그렇게 느꼈던 것 맞지요, 엄마?

점심을 먹기 전에 그자비에 아저씨는 차에 가서 트렁크를 열었어요. 트렁크 안에 웅크리고 있던 황갈색 대형견을 데려와서는 이름이 세르피코라고 소개했어요. 그 지역의 유기견 보호소에서 데려온 개인데 그 전에 차례차례 키웠던 세 마리도 이름은 세르피코였대요. 어쩌면 그 개들이 이미 죽었다고 믿고 싶지 않아서였을까요. 이름만이라도 남길 수 있었기에 이별이 덜 고통스러웠을 거예요. 아저씨는 세르피코와 오솔길을 조금 거닐어보고는 현관 앞 낮은 계단 옆에 앉혀놓고 개줄은 식당의 덧문 문짝에 걸어놓았어요. 세르피코는 실내에 들어오지 못하게 했어요.

엄마는 아저씨를 자기 오른편에 앉혔어요. 큰오빠는 엄마 맞은편에 앉았어요. 식탁에서 아빠가 늘 앉던 자리인데 3년 전부터 큰오빠 자리가 되었지요. 그자비에 아저씨는 우아하게 엄마의 의자를 빼주면서 먼저 앉으라고 권했어요.

점심을 먹는 동안 아저씨는 한결 편해져서 처음에 이 집에 몰고 왔던 선선한 공기에 온기를 더해주었어요. 삐걱거리고 지지부진하고 걸핏하면 멈추는 대화의 톱니바퀴에 기름칠을 하는 것 같았지요. 아저씨가 어색하게 구는 엄마의 빈틈을 채워주었어요. 엄마는 마치 가족들에게 약혼자를 처음 소개하면서 반대에 부딪히면 어쩌나 가슴 졸이는 아가씨처럼 굴고 있으니까요. 노릇노릇 구워 먹기 좋게 자른 뿔닭과 프로방스식 토마토가 은쟁반에 담겨 나왔어요. 이번엔 태우지 않고 성공했네요.

나는 엄마가 가르쳐준 대로 의자에 허리를 펴고 앉아 냅킨을 무릎에 펼치고 나이프와 포크를 접시에 올려놓고 내 차례가 오기를 기다렸어요. 흠잡을 데 없는 몸가짐으로 두 손을 식탁에 올려놓고 있는 아저씨를 바라보았어요. 그리고 그 옆에서 지금 잘하고 있는 걸까 신경을 곤두세우고 긴장해 있는 엄마를 보았지요. 우리가 꼬맹이들처럼 킥킥대고 미친 듯이 웃던 때가 생각나요. 저녁을 먹고서 아빠가 황당하다는 듯 보거나 말거나 쪼르르 주방으로 함께 달려가 딸기 생크림 케이크를 접시까지 싹싹 핥아 먹던 때가 생각나요.

커피도 밖에서 마셨어요. 내가 커피잔을 건네자 아저씨는 의자에서 일어나 컵 받침을 손으로 잡고 내가 커피를 다 따라줄 때까지 서 있었어요. 나는 그런 케케묵은 격식 차리기가 조금 우스웠어요. 그런 걸 따지고 지키는 사람을 본 지가 너무 오래 됐거든요. 친할머니가 아직도 이 집에 살아 계셨을 때나 봤으려나. 그 시절의 남자 손님들은 부인네들의 손에 입을 맞췄고 누가 커피를 따라주는데 자리에 그대로 앉아 있는다는 건 있을 수 없었지요. 그자비에 아저씨가 등장하면서 그 시절이 다시 떠올랐어요. 내가 아주 어렸을 때, 품위 있는 신사들이 위스키와 시가 냄새를 풍기던 시절. 초록색 펠트가 깔린 프랑스 당구대에서 상아공들이 맞부딪히던 시절……. 엄마의 새로운 사랑은 보기 드문 사람이에요, 엄마.

온종일 두 사람을 지켜봤어요. 엄마에게서, 아저씨에게서 절대로 멀리 가지 않았어요. 다정한 몸짓이 눈에 띄는지 염탐하면서 두 분의 애착의 증거를, 인연의 표시를 찾으려 했어요. 한순간, 주방에 가기 위해 식당을 지나다가 엄마와 아저씨를 발견했지요. 정확히는 식당과 당구장 사이, 작은 찬방에 함께 있더군요. 아저씨가 엄마의 목을 감싸 안고 뺨에 키스하는 모습을 보았어요. 그러고서 뭔가 귓속말을 하니까 엄마가 대답을 했는데 목소리가 너무 작아서 뭐라고 하는지는 안 들렸어요. 나는 두 분 곁을 지나면서 아무것도 못 본 척 미소를 지었어요. 엄마는 속은 것 같지 않지만요.

찬방은 어둑어둑하고 구석진 곳이에요. 창이 있긴 하지만 덧창이 늘 닫혀 있고 세 개의 문이 있는데 그중 하나는 지하실에 내려가는 문이에요. 거긴 그냥 지나가는 통로나 다름없어요. 멈춰 설 일이 거의 없는 곳이지요. 그래서 남들의 시선을 피하기는 좋아요. 하지만 엄마와 아저씨가 왜 숨은 거예요? 엄마는 뭐가 불편한 거지요?

아빠 때문인가요? 더는 존재하지 않는 아빠가 여전히 이 집에서 큰 자리를 차지하고 있기 때문인가요? 우리 곁을 떠난 사람들은 되레 모든 곳에 존재하는 것 같다는 특이한 점이 있어요. 정말이지, 아빠는 세상을 떠나고부터 모든 곳에 있어요. 장롱 속에, 서랍장 속에, 아빠 양복이 여전히 걸려 있는 옷방에, 아빠가 쓰던 연필이나 지우개를 아무도 치우지 않은 책상 서랍 속에, 손수 정성스레 잘라놓은 메모지를 끼워놓은 전화기 옆 클립보드에, 나무 열쇠고리 위의 활력 넘치고 퉁명스러운 글씨 속에, 우리 집 책들 속에 아빠가 있어요. 아빠의 추억이 이 집과 정원과 우리 기억의 가장 후미진 구석구석에 스며 있어요. 그래요, 맞아요. 엄마한테는 이 모든 일이 아직 좀 이를 테지요.

어쩌면 나한테도 그럴 거예요. 나는 여전히 엄마 옆에는 아빠가 떼려야 뗄 수 없는 존재로 남아 있고 그자비에 아저씨는 잠시 스치는 연인, 일종의 일탈이라고 생각하고 싶었나 봐요. 두 분이 두 문 사이에서 몰래 키스하는 것을 보니 아빠가 여전히 여기 있고 엄마는 아빠를 지워버리지 못했다는 내 생각이 더욱 군어졌어요. 그자비에 아저씨가 새로운 사랑이라면 아빠는 영원한 사랑이라는 생각 말이에요.

엄마는 아저씨에게 아래층의 방을 줬어요. 북향이라서 볕이 잘 안 들고 마지막으로 난방을 한 때도 가장 오래된 방이지요. 몇 년 전부터 우리는 그 방을 살벌하게 "시체 보관소"라고 하지 않으면 "추운 방", "냉방"이라고 하지요. 크리스마스가 다가올 때 냉장고가 꽉 차면 차갑게 보관해야 하는 케이크와 돼지고기 가 공육을 두는 방이기도 하고요. 그때를 빼면 일 년 내내 그 방의 침대에 덮인 낡은 이불 위에 아빠는 호두, 사과, 배, 자두, 감자, 당근, 그 밖에 텃밭에서 나는 채소와 과일을 되는 대로 늘 어놓곤 했고, 그 때문에 잊을 만하면 쥐가 꼬이곤 했어요. 그 방을 다시 꾸미면서 분홍색 투알 드 주이*로 도배를 하고, 어울

---

* 투알 드 주이: 회화적인 무늬나 꽃을 동판을 이용해 두꺼운 목면 따위에 인쇄한 천.

리는 커튼도 달고, 작은 벽장이 있던 자리를 그리 편리하지는 않은 샤워실로 바꾸었어요. 전기 라디에이터도 연결하고, 책상도 들였지요. 큼지막한 목재 침대도 다시 침대 구실을 하게 됐어요. 그 후로 그다지 원기 왕성하지 않은 손님, 위층으로 가는 큰 계단을 불편해하는 손님은 으레 그 방에 묵게 되었어요.

세르피코는 밖에서 잤어요. 그 개는 밖에서 자는 게 익숙한가 봐요. 아저씨는 세르피코를 매어둔 목련 나무 아래로 가서 여행용 모포와 물그릇을 챙겨주었어요.

다음 날 우리는 모두 파리로 돌아갈 거예요. 아침에 우리는 엄마를 모시고 성당에 가서도 그자비에 아저씨가 오랜만에 찾아온 친척 어르신 정도로만 보이게끔 양쪽으로 에워싸고 앉았어요. 우리는 모두 성당 의자에 무뚝뚝한 표정으로 앉아 고개를 처박고 있었지요. 그 이유는 우리 모두 거의 한숨도 못 잤기 때문이에요. 점심 먹는 자리에서 오빠들은 구시렁댔고 엄마는 차마 아무 말도 하지 못했어요. 그자비에 아저씨는 난처해했어요. 아저씨는 세르피코의 잠자리를 다른 데서 찾아봐야 할 상황이었어요. 목련 나무 아래서 개가 밤새도록 쉬지도 않고 짖어댔거든요.

"이 고장 사람들이 입방아께나 찧게 생겼다." "내가 그 사람을 뭐라고 소개해야 하니? 친구……? 젊었을 때부터 알았던 오랜 친구? 남자 친구? 아, 안 돼, 아예 살림을 차린 것 같잖아. 사람들이 우리가 붙어먹는다고 생각할지도 몰라!"

나는 미소가 지어졌어요. '붙어먹는다'라는 표현이 웃겨서요. 아직도 그런 말을 쓰는 사람이 있나? 내가 보기에 엄마는 대단치도 않은 일에 마음을 쓰는 것 같아요. 남들이 어떻게 생각하느냐가 뭐 그리 중요해요? 가장 가까운 친구들에게는 그래도 중요한 골자는 말하지 않았나요? 엄마가 사랑했지만 놓쳐버렸고, 아빠와 50년을 산 후에야 비로소 되찾은 그 남자 이야기를 안 했을 리가요. 그렇죠?

그런데 엄마는 사람들이 무슨 생각을 하는 게 싫다는 거예요? 엄마가 다시 행복해졌다고 생각하는 게 싫은 거예요?

"어쨌든, 내 나이에는 너무 진지한 것도 좋지 않아……."

그게 아니죠, 오히려 그 나이니까 진지한 거예요. 진지하지 않을 수가 있나요. 즐기는 나이는 이미 지났고 사랑할 나이는 아직 지나지 않았으니까요. 그 나이에 누구를 만나면 끝까지 가는 거예요. 그 사랑은 영원하다는 것을 알지요. 여기서 말하는 영원은 스무 살에 말하는 영원이 아니거든요. 스무 살에 약속하는 영원은 너무 길어요. 일흔에 말하는 영원은 내일모레처럼 가깝지요. 마음에 충분히 와닿아요.

그래서 엄마는 저녁을 먹으러 오라는 친구들에게 수줍게 물어봤어요. "우리 집에 친구가 와 있는데 같이 가도 될까?" 수요일의 브리지 게임에 데려가는 건 좀 더 기다리기로 했어요. 어쩌면 다음에 아저씨가 여기 지내러 오기 전에, 적당한 말을 찾을 수 있을 거예요.

일주일이 쏜살같이 지나갔어요. "잠시 와 지내는 친구"를 만나본 지인들은 아저씨를 좋게 봤어요. 그자비에 아저씨는 엄마가 데려가는 장소와 소개하는 사람들에 맞춰 카멜레온처럼 색깔을 바꿀 줄 알았지요. 그는 모두에게 말을 걸고, 관심을 보이고, 기분을 맞춰주고, 칭찬을 건넸어요. 매력을 흘리고 마음을 사로잡았지요.

심지어 바로 옆집 농가 주인조차도 아저씨를 인정하는 분위기였어요. 엄마는 외간 남자를 집에 들이면 이웃들이 충격을 받지 않을까 걱정했는데 말이에요. 희한하게도, 옆집 주인이 엄마에게 아저씨 나이를 물어봤어요. 일흔여섯 살이라고 알려줬더니 그 사람은 눈을 동그랗게 뜨면서 감탄했어요. "아이고, 대단하네요, 그 나이에 구부정한 데 하나 없다니!"

엄마가 웃으면서 이 말을 내게 전해주었는데 자랑스러워하는 기색이 느껴졌어요. 나는 그자비에 아저씨가 우리 삶의 일부가 되었다는 걸 알았지요.

매년 크리스마스에는 자식 손주가 모두 엄마 집에 모여요. 처음으로 아빠 없이 보낸 크리스마스가 있었고, 그다음 해 크리스마스, 또 그다음 해 크리스마스가 있었지요. 아빠의 빈자리에 적응해야만 했어요. 엄마는 혼자서 가족들을 맞이하는 법을 배워야 했을 거예요. 첫해는 좀 슬펐어요. 아빠가 없으니 텅 빈 것처럼 느껴졌지요. 반짝이 장식과 폭죽도, 트리 위의 불꽃 스틱도 없었어요. 그런 걸 재미있어하는 사람은 아빠뿐이었으니까요. 크리스마스 구유 장식용 인형과 크리스마스트리를 찾느라 애를 좀 먹었지요. 그런 걸 정리하는 일은 늘 아빠 담당이었으니까요. 아빠는 카르보넬사 인형과 장식용 공들을 하나하나 정성껏 신문지로 싸서 보관했지요. 우리는 아빠가 책임져왔던 전통을 이어나가기 위해 노력했어요. 황홀하게 해줘야 할 아이들은 여전히 있었으니까요.

작년 크리스마스에 뭔가가 바뀌었지요. 엄마는 더는 완전히 혼자는 아니었지요. 엄마의 생각은 다시 여행에 나섰고 엄마의 심장은 다시 깨어났어요. 공백은 여전히 그대로였지만 엄마 주위의 빈자리는 점점 줄어들었어요. 다른 남자에 대한 생각이 슬픔을 달래고 결핍을 메꿔주었지요. 나는 하늘에서 내리는 눈을 구경하면서 낡은 바둑판무늬 코트와 챙 없는 모자와 진한 색 가죽 장갑 차림의 아빠를 하염없이 떠올리고 있었어요. 그동안 엄마는 초조하고 불안한 표정으로 우체부가 오지 않는지 밖을 살피고 있었고요. 내가 과거의 크리스마스를 조금이라도 더 잡아두려고 애쓰는 동안 엄마는 미래가 엄마에게 마련해놓은 몫을 빨리 맞이하고 싶어 발을 구르고 있었어요.

올해 크리스마스도 엄마와 아저씨는 각자의 집에서 보내요. 엄마는 엄마 가족들과, 아저씨는 아저씨 가족들과. 자고로 반백 년 습관은 바뀌지 않는 법이니까요.

엄마는 또 떠났어요. 다시 한번 짐을 싸서 열차에 몸을 실었지요. 이번에는 아저씨가 몽토방에 소유하고 있는 집으로 가요. 이번에는 튕기지 않고 꼬박 보름을 함께 지내기로 수락했어요. 둘이서 그렇게 오래 함께 지내는 건 처음이지요. 엄마는 혹독한 1월을 피할 수 있어 좋다고 했어요. 엄마가 사는 시골은 겨울에 몹시 춥고 사방이 눈밭 아니면 얼음판이지요. 아저씨가 몽토방의 겨울은 한결 순하고 따뜻하다고 장담했어요.

이번에는 엄마에게 전화번호를 받았어요. 주소록에 연필로 그자비에 아저씨 이름과 지역 번호 05로 시작하는 여덟 개의 숫자를 적었어요. 그 번호를 제외하면 주소록에는 우리에게 친숙한 01, 02, 04로 시작하는 번호들만 잔뜩 있지요.

나는 일주일 기다렸다가 전화를 걸었어요. 엄마가 전혀 소식을 주지 않아서 우리가 속속들이 주고받는 대화가 그리웠어요.

엄마도 나처럼 시간이 너무 길게 느껴졌을까 궁금했어요. 지난 6월에 페이에서 한 주를 보낼 때처럼 엄마가 슬슬 지루해지기 시작했을까. 비록 날씨가 고약하지만 그래도 엄마 사는 고장으로, 엄마의 집으로 돌아오고 싶을까. 하지만 겨울에는 빨리 거둬들여야 할 깍지콩이나 딸기가 없어요. 휴게실 벽난로를 피울 때 쓸 장작을 궤짝에서 꺼내놓고 오래된 신문지를 구겨놓으면 그뿐이지요. 그런 건 아무 때나 해도 괜찮아요.

아저씨가 전화를 받았어요. 아빠가 돌아가신 후 다른 사람이 전화를 받아 엄마를 바꿔주는 건 처음이에요. 안부 인사를 간단히 주고받은 후 아저씨가 "어머니 바꿔줄게요"라고 했어요.

엄마와 통화를 하면서 식구들에게 아저씨를 처음 선보인 날과 비슷한 흥분이 더 심해진 걸 느꼈어요. 엄마는 아저씨가 옆에 있어서 그런지 좀 불편해했어요. "응, 나는 아주 잘 지내고 있단다"라고 말하고는 —— 엄마가 달리 뭐라고 말할 수 있겠어요? —— 마치 별로 친하지 않은 사람 대하듯 지금 하는 일은 어떠냐, 남편과 아들은 잘 지내냐…… 심지어 요즘 파리 날씨는 어떠냐고 물어봤잖아요. 내가 엄마를 방해한 건가, 라는 생각까지 들었어요.

엄마가 돌아오는 날 하루 전에 다시 05로 시작하는 번호를 눌렀어요. 집으로 돌아오시는 대로 주말에 찾아가서 뵙겠다는 말을 하려고요. 그런데 엄마는 외출 중이었어요. 아저씨가 말했어요. "어머니는 방금 시내에 잠깐 볼일이 있어 나갔어요. 메시지를 전하거나 다시 전화하라고 할까요?"

나는 그냥 됐다고 했어요.

엄마는 몽토방 체류에 매우 흡족해하면서 돌아왔어요. 집은 "좀 낡아빠졌고" "최소한의 편의 시설"만 갖추었지만 입지가 너무 좋다고 했지요. 시내와 가까우면서도 행인이 많이 지나다니지 않는 거리에 위치한 데다가 정원에 해가 잘 든다나요.

엄마 방은 위층에 있었어요. 그 층에는 출입구가 따로 나 있는 방이 있고, 그 방에는 엄마가 "독신녀들" 혹은 "임차인들"이라고 부르는 미혼 여성 두 명이 살아요. 그 여자분들이 아저씨가 집 관리나 음식 준비에 사람이 필요할 때 도와주곤 한다지요. 특히 그중 한 명은 내 동창과 똑같은 이름 피에레트예요. 예전에 그 친구를 엄마가 지금 사는 시골집으로 초대한 적이 있었지요. 걔는 자기네 집에 정기적으로 살림을 도와주러 오는 "이모님" 라 폴레트의 집과는 완전히 딴판이라고, 모든 것이 너무 크고 으리으리하다고 겁을 먹었더랬지요. 그때 걔랑 내가 여섯 살인가 일곱 살이었을 거예요. 나는 우리의 세계가 그 친구의 세계와 다르다는 것을, 결코 모든 사람의 세계가 될 수 없다는 것을 그때는 몰랐어요.

아저씨는 페이에서 그랬던 것처럼 엄마에게 푸아그라를 유통기한이 지난 강낭콩이나 완두콩 통조림을 곁들여 먹였어요. 페이에서 그랬던 것처럼 엄마는 그 집에서 먼지를 털고 닦고, 때 빼고 광내고, 버릴 건 버렸어요. 그동안 아저씨는 정원의 잡초를 뽑고, 갈퀴로 낙엽을 그러모아 태웠지요.

엄마는 몽토방에서 많이 걸어 다녔어요. 벽돌집과 좁은 거리가 있는 도시는 워낙 아담해서 엄마도 길 잃을 염려 없이 돌아다닐 수 있었지요. 엄마는 남서부 사람들의 노래하는 듯한 말투, 거의 늘 새파란 하늘, 부드러운 빛, 아침을 미지근하게 데우고 정오에 내리쬐는 그곳의 태양을 좋아하게 됐어요.

아저씨는 엄마를 자기 친구들에게 소개했어요. 모두 엄마를 반갑게 맞아주었어요. 그분들에게 엄마는 아저씨가 되찾은 여자 친구였어요. 엄마와 아저씨는 브리지 게임에도 두 번 초대를 받았어요. 체류 막바지에는 그 친구들을 초대하기도 했고요. 엄마가 저녁 식사를 준비했어요. 그즈음에는 아저씨 집이 슬슬 엄마 집처럼 편해지기 시작했어요.

언제 또 만나기로 했어요? 엄마는 아직 몰라요. 당연히 또 보자고 얘기는 했지요. 이제 두 분은 시간을 그냥 흘려보낼 수 없어요. 각자의 집에서 몇 달씩 떨어져 지낼 수가 없어요. 어쩌면 봄에도 엄마가 몽토방에 가려나요, 아저씨가 여름을 보내는 랑드 집으로 가기 전에요. 그게 아니면 아저씨가 엄마에게 오겠지요. 4월, 나무들이 신록의 옷을 입고 분홍 작약이 꽃을 피우는 계절에.

엄마와 나 사이에 차츰 전에 없던 벽이 생겼어요. 서로 조심하면서, 말하지 않는 부분이 생기면서, 연석처럼 야트막하지만 분명한 침묵의 벽이 느껴져요.

엄마는 가끔 뭐든지 털어놓는 말투로 이야기를 하다가도 갑자기 입을 다물고 미소만 지을 뿐 말을 흐리지요. 그 말들은 우리가 공유하는 어색함 너머로 서서히 마멸되어가요. 내가 엄마에게 그러지 말고 말해보라고 재촉할 수도 있을 거예요. 하지만 그러지 않아요. 나 역시 미소를 지어 보이고 입을 다물지요. 한순간 유예됐던 말들이 우리 사이에 생긴 공백 속에서 사라지면서 우리 사이를 조금 더 멀게 만들어요.

그렇지만 어느 날 엄마가 용기를 냈어요. 우리는 주방의 떡갈나무 탁자에 앉아 있었지요. 나는 어릴 적부터 이 냄새를 맡으면 기분이 좋더라고요. 왁스 냄새가 이제 막 반짝반짝하게 닦아낸 은제 식기의 약간 싸한 냄새와 섞여서 날 때 말이에요. 엄마는 아저씨와 처음 다시 만날 때처럼 수다스러워요. 나한테 또 몽토방 이야기를 늘어놓을 때면 엄마는 아가씨 시절의 눈빛을 되찾아요. 엄마는 우리 사이에 새로 생긴 벽을 잊은 채 다시 나에게 속내를 털어놓아요. 나는 엄마에게 묻고 싶은 것이 많지만 애써 질문을 삼키는데 엄마는 두 분만의 사적인 이야기를 털어놓지요. 하루였나 이틀이었나, 하여간 아저씨가 밤에 엄마에게 왔다고요. 엄마 방으로. 엄마의 침대로.

엄마는 웃었어요. 웃음소리가 약간 어색해요. 침대에 들어가 무릎에 책을 올려놓고 있었는데 아저씨가 노크를 하고 슬그머니 들어오더라. 잠옷에 슬리퍼 차림이더라. 엄마 손을 잡더니 발이 너무 차지 않느냐고 하더라……. 아저씨가 옆에 눕는데 민망하면서도 가슴이 찡하더라…….

나는 혼란스러운 티를 내지 않으려 애썼어요. 너무 혼란스러워서 다시 엄마의 비밀을 속속들이 아는 친구가 되었다는 행복이 흐려져요. 엄마가 말을 하는 동안 거북하고 어색한 기분이 점점 뚜렷해지지만 나는 어떻게든 감추려고 안간힘을 써요.

엄마 목소리가 생기를 잃어요. 엄마는 다시 움츠러들고 주저해요. 나는 엄마를 안심시키지요. 엄마, 나한테는 무슨 말을 해도 괜찮아요. 알면서 왜 그래요.

그러자 엄마는 공백을 메우기 위한 말을 마지막으로 한 다발 쏟아내고서 이렇게 말했지요.

"있잖아, 무서운 건 마음은 늙지 않았는데 몸이 따라주지 않는다는 거야……."

나는 무슨 상상을 했던 걸까요? 일흔을 넘기면 육체적 끌림은 끝난다고 생각했을까요? 마음과 마음만으로 해후를 누릴 수 있다고 생각했던 걸까요?

　키스나 애무에 대해서는 알고 있었어요. 엄마와 함께 브르타뉴에 다녀온 후로 계속 알고 있었지요. 그렇지만 나는 두 분의 관계를 이성으로서 좋아하는 감정이 있는 친구, 애정과 추억이 어린 사연, 세월의 더께가 내려앉은 파스텔 색조의 얌전하고 순결한 연애 말고는 다른 식으로 생각해보지 않았어요.

　엄마는 그렇지 않다는 것을 알려주었어요. 그 나이에도 상대의 육체를 갈망할 수 있다는 것을요. 나는 때때로 욕망이 고통을 낳을 수도 있다는 것을 알아요. 욕망을 해소할 수 없는 사람에 대해 무슨 말을 할까요? 나이가 걸림돌이 되는 열정에 대해? 감각이 깨어나는 경이로움과 "따라주지 않는" 몸의 고통이 공존해요.

그래도 엄마는 쾌락을 말해요. 엄마가 안다고 생각했던 것, 알기는 했지만 다른 방식으로, 뜨뜻미지근하게 알았던 것을 발견하는 놀라움을요. 어쩌면 엄마는 나에게 아쉬움을 토로하고 있는지도 몰라요……. 둘이서 인생을 함께하지 못하는 아쉬움은 아니에요. 아뇨, 엄마에게 그런 아쉬움은 없어요. 아직 너무 이른 얘기죠. 하지만 엄마가 아직 몸이 젊었을 때 누릴 수도 있었을 것에 대한 아쉬움은 있어요.

나는 눈앞에 떠오르는 이미지들을 억압하지 않으려 애써요. '주책없다', '추접스럽다', '거북하다', 그 밖의 더 센 말들이 머릿속에 들어와 콕콕 박히는 것 같아요. 그냥 '대단하다', '예상 밖이다', '의외다'라는 표현으로 충분할 텐데 말이에요.

엄마의 손을 생각해요. 그 손의 약간 우그러진 핏줄을 생각해요. 그 핏줄에 흐르는 피가 다시 한번 끓고 있어요. 손톱이 상한 엄마 손가락과 그자비에 아저씨의 힘 있는 손가락이 깍지를 낀 모습을 상상해요. 맞닿은 각자의 결혼반지는 세월에 마모된 흔적이 역력해요. 세월은 모든 것을, 일생의 사랑조차 닳아 떨어지게 하지요.

그러니까 하루가 다르게 몸이 말을 안 듣고 기운이 빠져도 여전히 껴안고, 키스하고, 욕망할 수 있다는 거죠. 피부가 탄력을 잃고 쭈그러들고 검버섯이 생겨도, 얼굴에 깊은 주름이 파이고 뺨이 홀쭉 들어가면서 선이 무너져도 그럴 수 있다는 거죠. 내가 고가의 로션과 크림으로 어떻게든 막아보려고 애쓰는 그 모든 노화의 증거들에도 불구하고요. 엄마의 욕실에서는 그런 화장품들을 본 적이 없어요. 엄마는 사랑하고 사랑받으니까 그딴 게 중요하지 않아요. 그래요, 욕망은 나이가 든다고 스러지지 않아요. 욕망은 나이를 지워요.

나는 모든 것을 휩쓸고 가는 세월에 대한 불안 속에서 살아요. 차라리 듣지 않았으면 좋았겠다 싶은 이야기를 듣는 거북함과, 세월을 마주하면서 위안을 얻고 싶은 마음 사이에서 갈팡질팡해요. 엄마는 스무 살보다는 서른 살이 훨씬 아름다운 시절이라고 자주 말하곤 했어요. 나는 마흔, 쉰, 예순, 심지어 그 이상도 아름다운 시절일 수 있다는 것을 알게 되었어요. 우리의 피부가 낙엽처럼 시들고 말라가는 인생의 가을에도 우리 아닌 다른 누군가의 심장을 뛰게 할 수 있고 봄날에만 느낄 수 있는 줄 알았던 욕망을 깨어나게 할 수 있다는 것을 알게 되었지요.

나는 기억해요, 엄마는 언제나 세월을 믿는 사람이었지요. 엄마는 원래 자기 나이와 조화롭게 사는 사람이었어요. 나는 늘 그게 잘 안 됐어요. 나는 아이 때도 속절없이 흘러가는 하루하루가 불안했는데 엄마는 늘 나이는 그 나이로 살 준비가 됐을 때 드는 법이라고 했어요. 그러니까 나이가 들면 드는 대로 살면 된다고 했지요. 물살을 거슬러 헤엄을 치고 싶어 한들 무슨 소용이 있겠니? 어차피 물살이 우리를 데려갈 곳에 가지 않겠다고 용을 써서 뭐해? 우리를 젊음에서 멀어지게 하는 물살은 마치 우리를 해안에서 멀어지게 하는 물살 같아. 그냥 물살에 몸을 맡기면 다른 해안으로 떠밀려 가 또 다른 풍경들을 발견하게 될 거야.

아빠가 입버릇처럼 "민들레 뿌리를 먹기 전까지"* 앞으로 살 날들을 매일같이 헤아릴 때 엄마는 늘 평온해 보였어요. 내가 심란해하고 두려워하는 것에 엄마는 관심조차 없어 보였지요. 이 세상을 떠난다는 생각도 엄마를 불안하게 만들지 않는 것 같아요. 엄마의 철학대로라면, 세상을 떠날 즈음에는 세상살이가 지겨워질 테니 상관없겠지요. 어차피 살고 싶지도 않은 세상, 아쉬울 게 무에 있을까요.

---

* '죽어서 땅에 묻히다'라는 의미의 관용구.

내가 왜 이렇게 됐을까요, 엄마? 엄마를 잃는다는 생각만으로도 두려워 벌벌 떨던 내가, 예전과 같은 친밀함이 돌아온 은총의 순간에, 엄마가 가장 은밀한 이야기를 털어놓는 순간에, 왜 나는 마음을 닫아버렸을까요? 딸은 엄마의 욕망에 대해서 차마 들을 수 없는 걸까요? 내가 그렇게 교육받았기 때문일까요? 하지만 나를 교육한 사람은 엄마인걸요. 우리 집은 육체의 일을 입에 담는 분위기가 아니었지요⋯⋯. 엄마가 신랑 신부가 결혼하면 벌거벗고 한 침대에 들어가 서로의 몸을 만진다고 말해줬을 때 내가 몇 살이었지요? 그때의 경악과 공포가 기억나요. 뭔가 더러운 일처럼 느껴져서 기겁했지요. 그런 이야기를 듣기에는 너무 어렸나요? 하지만 지금은요? 지금도 내가 너무 어린가요? 그런 얘기가 너무 센가요? 어째서 나는 엄마와 아저씨가 서로의 몸을 탐한다는 생각을 하면 이토록 반감이 들까요? 어째서 두 입술이 서로를 찾고 두 사람의 타액이 뒤섞인다고 생각하면 미칠 것 같을까요?

나도 내 마음을 털어놓고 싶었어요. 나의 혼란스러운 심정을 친구들에게 털어놓았지요. 친구들은 처음에는 놀랐지만 이내 환호했어요. 엄마가 연애를 한다는 얘기를 들으니 자기들도 희망이 부풀어 오른다나요. 20년 후, 30년 후에도 다시 사랑을 하고 몸이 붕 뜨는 기분, 배 속이 죄어드는 것 같은 현기증을 느낄 수 있다는 희망 말이에요. 그래요, 사랑은 더럽지 않아요. 사랑은 아름다운 거예요. 자연스러운 거예요.

그렇지만 난 그렇게 받아들일 수 없었어요. 그런 걸 상상할 수 없었어요. 남자가 주름 파인 얼굴, 세월의 무게에 처진 가슴, 축 늘어진 살을 욕망할 수 있다니요. 레지아니의 노래 「사라」가 떠올라요. "내 침대의 여인은 스무 살이 아닌 지 오래입니다. 눈가의 다크서클, (……) 지친 몸, (……) 구부정한 등은 추억을 지고 있는 것 같아요. 그녀가 도망쳐야 했던 추억을. (……) 그녀의 몸, 그녀의 손은 내 손을 위한 것이에요. 눈물과 상처로 뒤덮인 그녀의 심장이 나를 안심시켜줘요."

엄마의 심장도 눈물과 상처로 뒤덮여 있을까요? 엄마도 인생이 순탄하지만은 않았지요. 엄마는 아빠에게서 늘 엄마가 원하는 것을 결국은 얻어냈지만 아빠도 같이 살기 편한 사람만은 아니었어요. 아빠가 얼마나 모질고 성질 급하고 버럭버럭 화를 내는 사람인지 나에게 불평하기도 했고요. 이 후미진 시골에 처박혀 살면서 엄마 인생이 좁아지는 것을 뼈저리게 느꼈겠지요. 그렇지만 나는 엄마가 우는 모습은 한 번밖에 못 봤어요. 딱 한 번, 내가 세 살인가 네 살인가 그랬을 거예요. 약속 시간에 늦었는데 내가 스스로 신발 끈을 묶겠다고 고집을 피웠어요. 내가 끈을 못 묶고 있으니까 엄마가 고함을 지르고 발을 동동 구르면서 울었어요. 아래층 이웃 아메즈 드로즈 씨가 층간 소음으로 괴로워하거나 말거나 아랑곳하지 않고 말이에요. 그렇게 울 일이 아니었어요. 내가 모르는 어떤 일을 엄마는 꾹 참고 있었나요? 그게 아니고서야, 별것 아닌 일로 완전히 뚜껑 열린 사람처럼 울부짖다니요. 그 눈물은 어떤 고통을 쏟아낸 것이었을까요?

엄마네 고장에 '그 일'이 알려지기 시작했어요. 엄마는 더는 겁내지 않았어요. 3월 날씨가 화창한 봄이 되자 아저씨가 다시 왔어요. 엄마는 이제 사람들이 뭐라고 할까 걱정하지 않아요. 엄마는 어디를 가든 아저씨를 데려가요. 성당에도, 슈퍼마켓에도, 시장에, 자동차 정비소에도요. 수요일에 하는 브리지 게임에도 아저씨는 함께 가요. 호의 어린 시선들 속에서 엄마의 거북함은 사라졌어요. 사람들이 아직 감히 묻지 못하는 질문들에 엄마는 미소로 답하지요. 모니크는 이제 혼자가 아니에요. "좋은 사람"이 생겼으니까요. 어떤 초대장에는 봉투에 엄마와 아저씨 이름이 나란히 씌어 있어요. 엄마는 다시 짝이 생겼어요, 네, 그게 다예요. 단순한 얘기예요.

그자비에 아저씨가 조금씩 우리 가족 안으로 들어왔어요. 우리가 집에 오면 아저씨는 우리 삶에 억지로 밀고 들어오지 않되 조심스럽게 우리 삶에 녹아들려고 애쓰지요. 아저씨는 잔디를 깎고, 산울타리 가지를 치고, 자갈길을 평평하게 고르고, 상을 차리고, 우리의 습관을 배워나가요. 어떨 때는 아저씨가 이 집에 쭉 살았던 것 같은 기분까지 든다니까요. 아저씨도 엄마 집을 자기 집처럼 편하게 여기기 시작했어요. 우리 집을요.

이제 아저씨는 위층 방을 써요. 아래층 냉방보다 채광이 좋고 시설이 잘 갖추어진 데다가 볕이 잘 드는 욕실도 있어요. 아래층 방은 잠시 지나가는 손님용이에요. 그자비에 아저씨는 이제 그런 손님이 아니지요. 비록 두 분이 늘 함께 사는 건 아니지만 절대로 잠시 만나고 그만인 남자는 아니에요.

아저씨도 우리 모녀가 유별나다는 걸 알아요. 내가 엄마 옆에 있으면 아저씨는 우리 둘만의 시간을 가지라는 듯 일부러 물러나지요. 그럴 때 아저씨는 방수 재킷을 걸치고 개를 데리고 나가요. 담배를 한 대 피워 물고 밤나무 길로 산책을 나가지요. 날이 맑고 건조해서 시야가 밝을 때는 주방 창문에서 아저씨가 집 반대편으로 사라지는 모습이 보여요. 오솔길을 따라 숲을 가로질러 저 아래 시냇물까지 내려갔다 오는 거예요. 돌아오는 길이 오르막이라 힘들어요. 엄마가 다시 아저씨 차지가 될 때까지 우리는 족히 한 시간을 함께할 수 있지요.

우리 아들은 그자비에 외삼촌과 외할머니 집에서 점점 더 자주 보게 되는 이 백발의 그자비에를 구별하는 간단한 방법을 정했어요. 아들은 아저씨를 "그자비에 할아버지"라고 불러요. 아저씨가 안 보이면 아이는 순진무구하게 물어보지요. "그자비에 할아버지는 어디 갔어요?" 엄마는 웃어요. 손자가 아저씨의 부재를 의아해한다는 건 그만큼 엄마와 아저씨를 이제 따로 생각할 수 없다는 뜻이겠지요.

두 이름이 겹치는 것이 엄마의 삶과 아저씨의 삶에서 유일하게 일치하는 부분은 아니에요. 그자비에 아저씨의 첫딸 이름은 엄마와 같은 모니크예요. 아저씨는 엄마에 대한 추억 때문에 첫딸 이름을 그렇게 붙였다고 마음을 담아 이야기했어요. 반면, 엄마는 아들 이름이 그자비에가 된 건 순전히 우연이라고 했지요. 하지만 큰오빠의 이름은 아빠가 골랐고 작은오빠의 이름은 엄마가 고른 게 사실이지요. 그리고 내 이름은 그자비에 아저씨의 막내딸 이름과 같아요. 하지만 그녀와 나는 엄마와 아저씨의 사연과 아무 관계도 없지요. 우리는 둘 다 이름이 베로니크이고 나이도 얼추 비슷해요. 아마 우리 세대에 특히 인기 있었던 여자 이름인 게지요.

모니크, 그자비에, 베로니크, 이 세 이름이 두 가닥 인생의 작은 매듭들을 이루어요. 두 사람은 각자 다른 사람을 반려로 맞이해 50년을 살았는데도 그걸로는 헤어지기에 충분치 않았어요. 엄마의 결혼도, 아저씨의 결혼도 실은 셋이 한 결혼이었던 거예요. 영원히 떨어져나갈 수 없는 인연이었던 거예요. 이렇게 되고 말 일이었어요. 결국은 다시 만날 사람들이었다고요. 엄마와 아저씨는 자기도 모르게 인생을 나란히 걸어왔어요. 거의 동시에 서로를 영원히 잃었다는 생각에 아파했고, 고작 몇 달 간격으로 각자 결혼했고, 2년 간격으로 태어난 각자의 자식에게 상대의 이름을 붙여주고, 각자의 막내딸에게는 똑같은 이름을 붙여주고, 열한 달 간격으로 사별을 경험했어요. 두 개의 평행선은 무한히 뻗어나가도 결코 만나지 않는다고 말하지 마세요. 무한이라는 단어가 두 분에게 잘 어울려요. 두 분은 결코 끝나지 않은 사랑의 주인공이니까.

부활절 휴가를 다 함께 엄마 집에서 보냈어요. 처음으로 그자비에 아저씨도 우리와 함께했어요. 아저씨는 기꺼이 달걀, 닭, 토끼 모양 초콜릿을 정원에 숨기는 일을 거들었어요. 우리는 아저씨께 프랄린 초콜릿 한 팩을 드렸어요. 아저씨는 엄마에게 준다고 피레네앙 초콜릿을 한 상자 사러 갔어요. 눈 덮인 산맥과 푸른 기가 도는 빙하를 닮은 "서리 내린" 이 초콜릿은 남서부 제과 업체 브랜드인데 꼭 냉장고에 보관했다가 차게 먹어야 한다나요.

고급 포도주 애호가인 오빠가 저녁에 아주 좋은 부르고뉴 적포도주를 땄어요. 1989년산 로마네콩티인데 오늘을 위해 일부러 포도주 저장고에서 꺼내왔지요. 그자비에 아저씨는 고기구이를 먹으면서 포도주잔을 입으로 가져갔고 오빠는 의기양양한 얼굴로 반응을 기다렸어요. 한 모금을 입에 머금고 천천히 음미하고는 찬사를 늘어놓으리라 기대했던 거예요. 하지만 아저씨는 목이 말랐던 모양이에요. 잔을 단숨에 비우고는 다시 고기구이를 먹었지 뭐예요. 오빠는 잠깐 숨을 못 쉬는 듯했어요. 오빠의 저장고에 남아 있던 마지막 로마네콩티를 가져왔건만 그걸 맹물 마시듯 아무 감흥도 없이 들이켜다니요.

아빠도 미각이 예민한 편은 아니었어요. 어차피 위장 속으로 사라질 것에 막대한 금액을 쓰는 일에 관심도 없었고요. 아빠는 가끔 엄마를 좋은 식당에 데려가곤 했지만 절대 미식가는 아니었고 식도락가는 더더욱 아니었어요. 엄마는 그게 좀 불만이었어요. 엄마는 맛을 즐길 줄 모르는 사람은 재미가 없다고 했어요. 그 말이 맞는다면 엄마는 늘 재미없는 남자들에게 끌리는가 봐요. 엄마는 재미있는 남자가 좋은 남편까지 되는 일은 드물다는 말도 했지요. 지금도 그렇게 생각하세요?

월요일 저녁에 우리는 모두 우리의 삶을 향해 떠났어요. 달걀, 닭, 생선, 토끼, 판형 초콜릿과 프랄린 초콜릿 덩어리를 잔뜩 차에 싣고서요. 아저씨는 엄마와 조금 더 지내다 갈 거예요. 그다음엔 아저씨가 9월까지 지낼 예정인 랑드 집으로 엄마를 데려가겠지요. 엄마가 얼마나 오래 거기 있을지, 돌아오는 날 열차표를 끊기는 했는지 나는 그것도 몰라요.

여름이 또 한 번 저물어가요. 여름과 함께 엄마와 아저씨가 함께한 시간도 끝나요. 엄마는 점점 더 띄엄띄엄해지는 기회를 이용해 여전히 집에서 자식 손주를 맞이해요. 우리는 크리스마스, 부활절, 여름휴가에 엄마 주위에 모여요. 엄마는 여름휴가에 우리와 멀리 떨어져 있고 싶어 하지 않아요. 깍지콩, 토마토, 호박을 따느라 눈코 뜰 새 없이 바쁜 철에 집을 떠나 있고 싶지도 않고요. 엄마는 까치밥나무 열매와 나무딸기로 매년 잼을 수십 병 만들고 우리는 그걸 맛있게 먹어치워요. 아저씨도 자기 가족과 랑드 지방에서 함께 보내는 여름은 포기할 수 없어요. 페이의 작은 집에서 가족끼리 보내는 여름의 두세 주만큼은 사수해야 하지요.

9월 중순, 저녁을 제법 서늘하게 하는 북풍에 떠밀린 듯 엄마는 다시 짐을 싸고 아저씨에게 갈 준비를 했어요. 손수 만든 까치밥나무 열매 잼 한 병과 공책 한 권도 챙겨 넣었지요. 엄마는 새 공책에 크고 동글동글한 파란색 글씨로 여러 가지 요리의 조리법을 적었어요. 그중에는 내가 어릴 때 맛보았던 부르보네 상시오*, 생강빵, 초콜릿 머랭 타르트도 있었고 엄마에게 조리법을 가르쳐준 사람 이름을 딴 시어머니 비법 아스픽**, 미미의 호박 그라탱, 마리노의 모카, 쉬제트의 생선 테린 등이 있었지요.

엄마가 거기 간 지 벌써 3주나 됐네요.

보고 싶어요.

물론 우리는 여전히 엄마 집에서 주말을 보내곤 해요. 하지만 아름다운 가을날도 엄마가 없으니 예전 같지 않네요. 저녁 늦게 도착해서 엄마가 빗물받이 홈통 뒤에 숨겨둔 열쇠를 꺼내고 지하로 들어가 알람을 해제하고 빈집에서 잠을 청해요. 혹은, 토요일 낮에 도착해보면 덧창이란 덧창은 죄다 닫혀 있지요. 썰렁한 주방에서 식사 준비를 해요. 평소 같으면 오리 기름 냄새, 반죽이 구워지는 냄새, 따뜻한 빵 냄새가 물씬 풍길 텐데

---

* 부르보네 상시오 : 감자채를 크레이프 반죽에 넣어서 함께 구워내는 요리.

** 아스픽 : 육수에 가금류나 채소, 과일, 향신료 등으로 맛과 향을 더하고 젤리 형태로 굳혀서 내는 요리.

말이에요. 엄마가 없으니까 모든 게 달라요. 빨갛고 노란 개머루조차 색이 흐려 보이고 거실 벽난로에서 타오르는 불도 전처럼 뜨겁지 않은 것 같아요. 나는 미지근한 아궁이 옆에서 추위에 떨지요.

엄마에게 전화를 걸긴 하지만 전처럼 자주 걸지는 않아요. 나는 그쪽으로 전화 걸기 싫어요. 엄마는 자기 집처럼 편하다지만 결코 우리 집은 아닌 곳에 있는 엄마를 전화로 붙잡고 있고 싶지 않아요. 그래도 어떤 날은 엄마가 엄마 집에 없다는 걸 잊어요. 엄마랑 대화하고, 나 사는 얘기도 좀 하고, 엄마를 나의 일상에 끌어들이고, 내가 요즘 만난 사람들 얘기에 엄마가 샘을 냈으면 좋겠어요. 다시 한번 엄마가 나를 부러워했으면 좋겠어요. 우리 관계의 균형을 되찾고 싶어요. 나에게 지나치게 자주 전화를 거는 그 남자에 대해서, 때때로 함께 취할 때까지 마시는 또 다른 남자에 대해서 털어놓고 싶어요. 언제 내게 돌아올 건가요? 결국에 돌아오기는 하는 건가요?

엄마가 돌아왔어요. 깊어진 가을, 엄마는 마지막 잎새들이 떨어지기 직전에 내게 돌아왔어요. 집 주위가 고운 색으로 물드는 단풍철을 놓치고 싶지 않았겠지요. 큰 호두나무가 금빛으로 뒤덮이고 마지막 남은 붉은 장미들이 흐드러지게 피어 일 년 중 가장 아름다운 장관을 이루지요. 엄마는 항상 이런 늦가을을 좋아했어요. 반면, 나는 이 계절에 좀 쓸쓸해져요.

엄마가 돌아오면 알리려고 한 소식이 있어요. 나도 알게 된 지 얼마 안 됐어요. 아기가 생겼어요. 예정일은 내년 6월 초예요. 엄마의 아홉 번째 손주예요.

엄마는 좋아서 어쩔 줄 몰라요. 만성절 휴가에 아들을 데리고 와서 시골에서 한 주 푹 쉬었다 가라고, 그게 나한테도 좋을 거라고 했어요. 10월 말에도 날씨가 좋은 날이 많아. 밤에는 제법 쌀쌀하지만 난로를 피우면 돼. 엄마가 그자비에 아저씨에

게 현관 앞 궤짝에 장작을 채워두라고 할게. 아, 그래, 그 사람
도 여기 있을 거야. 내가 너한테 말 안 했니?

그 사람이 여기 있어도 우리는 우리만의 시간을 가질 수 있
어. 그 사람은 매일 한 시간은 걸어야 하거든. 심장 건강을 위해
서 그래야 한대.

나는 아들과 기차로 왔어요. 물랭 역에 오면 나도 모르게 플랫폼에서 아빠를, 담황색 레인코트 차림의 구부정한 실루엣을 눈으로 찾게 돼요. 하지만 우리를 마중 나온 사람은 그자비에 아저씨였어요. 엄마는 미리 말해주지도 않았지요. 나는 실망했어요. 엄마가 역에 나와 있길 바랐거든요. 하지만 엄마는 무척 바쁜 것 같더군요. "당신 어머니는 할 일이 많아서 못 나왔습니다."

나는 잘 알지도 못하는 사람과 차에 같이 타는 걸 피해요. 워낙 멀미를 잘하는 편이라 차에서 대화를 나누는 것도 별로예요. 아빠와는 딱히 대화를 할 필요가 없으니까 괜찮았어요. 아빠 혼자 이런저런 얘기를 했지요. 아빠는 운전석에 앉자마자 이번 주에는 엄마랑 뭐가 어땠다, "너희 엄마가 카드놀이 하러 가는" 저녁 모임, 누구네 집에 초대받아 간 이야기, 탄생과 죽음과 결혼 소식, 돌가루가 떨어지는 낡은 천장, 뽑혀버린 나무들, 골치 아픈 쥐들, 건강이 좋지 않은 노사제 이야기를 늘어놓았지요. 아빠가 말끝마다 "그게 말이지"를 붙여가면서 늘어놓는 이야기는 결코 마르지 않았고, 우리는 발음을 흐리는 아빠 말투를 흉내 내어 "에 마리지", "에 마리지" 하면서 놀려댔지요. 내가 아빠와 둘만 있는 시간은 드물었고 그나마도 대부분 차 안이었어요. 아빠가 안 계신 지금은 그 시간이 얼마나 귀하게 다가오는지요. 그때는 그렇게 귀한 시간인 줄 몰랐어요. 나는 아빠가 그렇게 얘기를 하기보다는 부지런히 가속 페달을 밟아 빨리 엄마에게 데려다줬으면 좋겠다 생각했었지요. 아빠는 집으로 가는 시간이 더 길기를 바랐던 것 같아요. 내가 어디가 어디인지 몰랐던 이유는 아빠가 상상의 우회로로 빠지고 실제로는 존재하지 않는 공사 현장이나 막힌 도로를 핑계 삼아 이리저리 둘러 갔기 때문일 거예요. 아빠가 운전하면 너무 속도도 안 나고 여정이 끝없이 길어지는 것 같아서 짜증이 났어요. 아빠는 차를 얌전하게 몰고, 커브를 돌 때마다 속도를 낮추고, 잠깐 정차하는 동안에도 주위를 둘러보고, 빨간불이나 정차 신호 다음에 빨리 출발하지 않고 딴생각에 빠져 있었던 척했어요. 마을을 걸어서 지나갈 때도 아빠는 식료품점이 문을 닫았다, 여기는 빈집이다, 저기는 팔려고 내놨다더라, 말이 많았지요. 엄마를 만나기 직전 마지막 관문인 밤나무 오솔길을 걸어가는 동안에도 아빠는 구덩이와 물웅덩이가 많다고 연신 투덜거렸어요. 그것들을 피해 옆길로 빠졌다가 빙 둘러 갔다가 하면서 지그재그로 가다 보니 우리 둘이 함께하는 마지막 순간은 정신이 하나도 없었지요. 아빠는 그 순간이 지나면 나는 엄마 차지라는 것을, 아빠는 자기 자리로 돌아가야 한다는 것을 알고 있었지요.

아들은 뒷좌석에 앉히고 나는 조수석에 앉아 창밖만 하염없이 바라보았어요. 추억에 잠겨 낡은 레인코트를 입은 아빠를 되찾고 싶었어요. 지방 도로를 달리는 내내 아빠에 얽힌 기억과 놀고 싶었어요. 우아하고 예의 바른 그자비에 아저씨는 내가 노스텔지어에 빠져 있도록 그냥 두지 않았어요. 아저씨는 에티켓에 맞게 나에게 이것저것 물어봤어요. 오는 길은 괜찮았는지? 열차 안이 춥지는 않았는지? 뭐라도 좀 요기는 했는지? 나는 깍듯하게 대답하되 말을 아끼고 도로만 노려보았어요. 도로가 좁은데 커브를 틀 때마다 아저씨가 속도를 내서 좀 무서웠어요.

침묵이 감돌고 난 후 내가 침묵에서 빠져나가려는 순간, 지방 도로가 단풍이 어슴푸레한 그늘을 드리우는 작은 숲으로 접어드는 그곳에서 아저씨는 다시 대화를 시도했어요. 아저씨는 조심스럽게 엄마와 다시 만난 날의 이야기를 소상하게 들려주었어요. 텃밭까지 함께 거닐었던 이야기, 세월을 거슬러 올라가 깨어난 기억들, 엄마에 대한 감정의 각성, 두 사람이 주고받은 말. 엄마가 태워 먹은 뿔닭 요리 얘기도요. 아저씨는 웃으면서 말했어요. "내가 아무 말 안 해서 당신 어머니는 내가 눈치도 못 챈 줄 알았을 거예요. 하지만 완전히 숯이 됐던걸!"

나는 미소를 지었어요. 그런 건 다 알지요. 아니, 그 이상도 알지요. 아저씨는 땅거미가 질 무렵 쪽문 옆에서 엄마에게 키스를 했다는 말은 하지 않았어요. 나는 이미 시시콜콜 다 아는 그 이야기를 중간에 끊지 않고 가만히 들었어요. 희한하지요, 오솔길에서 들은 이야기는 친밀감을 자아내는 동시에 좀 거북했어요. 그리고 몇 번이나 튀어나온 "당신 어머니"라는 말이, 속내 이야기 속에서도 거리를 유지하는 것 같아서 이상하게 들렸어요. 아저씨의 의도는 아니었겠지만 나에게 엄마를 "당신 어머니"라고 하니까 나를 아저씨와 가깝게 하지는 못하면서 나와 엄마를 멀리 떨어뜨리는 것 같았어요. 나는 갑자기 아저씨가 이렇게 친밀하게 구는 걸 어떻게 받아들여야 할지, 무슨 말을 해야 할지 몰랐어요. 그래서 이 당황스러운 고백을 끝내줄 오솔길 끄트머리 하얀 가로대가 얼른 나타나기만을 바랐지요.

셋이서 이렇게 오랜 시간을 함께 보내는 건 처음이에요. 엄마 집에서 휴가를 보내면서 내가 엄마를 독차지하지 못하는 것도 처음이고요. 그 이유는, 우리 둘만 있을 때도, 왁스 입힌 주방 탁자에 마주 앉아 있을 때조차도, 엄마는 이제 온전히 내 것이 아니에요.

아저씨가 집에 있다고 내가 불편한 것도 아니에요. 아저씨는 같이 지내기 편한 사람, 늘 싹싹한 태도와 미소를 장착한 사람이에요. 아저씨도 여기 익숙해졌는지 편해 보이고 뭔가 감동적일 정도로 씩씩하게 집안일에 참여해요. 잘하고 싶은 마음에 상을 차리고 찬방 싱크대에서 물을 물병에 채우고, 식후에는 상을 치우고, 테이블용 빗자루로 빵 부스러기를 쓸어 담고, 커피 준비도 도맡아요. 아저씨는 그게 다 우리 아빠가 으레 하던 일인 줄 모르지만요. 아저씨의 몸짓은 아직도 좀 서툴러요. 어느 서랍, 어느 선반, 어느 수납장에 뭐가 있는지 확실히 알지는 못한 채 자기가 할 수 있는 일을 하지요. 아저씨는 엄마를 기쁘게 할 일념으로, 여기 올 때마다 늘 그렇듯 푸아그라를 선물로 들고 왔어요. 아저씨가 엄마 인생에 들어온 후로, 엄마 집 냉장고는 프랑스 남서부에서 만든 거위 간, 오리 간, 쿠 파르시, 콩피, 오리 기름, 각종 리예트, 파테, 테린 통조림, 병조림으로 꽉 차서 더는 들어갈 자리도 없어요.

아저씨는 우리 아들에게 참 잘해줘요. "그자비에 할아버지" 노릇이 재미있는지 아들내미가 꾸밈없이 아이답게 조잘대는 이야기에 껄껄 웃곤 하지요. 할아버지에 대한 기억이 없는 아이니까 진짜 할아버지처럼 자기 이야기에 잘 웃어주는 이 노신사에게 금세 정이 들고 말겠지요.

아저씨는 잘 웃어요. 특히 엄마와 있을 때, 엄마에 대해서는 웃음이 그렇게 많을 수 없어요. 엄마의 사소한 행동이나 말에도 아저씨는 너털웃음을 터뜨리지요. 나하고 있을 때는 충돌을 빚거나 마음을 상하게 할까 봐 조심하는지 좀 꺼벙하게 행동한다고 할까요. 어쩌면 실수라도 저질러서 나와 친해지는 데 실패하면 엄마 마음이 돌아설까 봐 두려운지도 몰라요.

이제 와 엄마 마음이 돌아설까 봐……. 나는 엄마를 보고 엄마가 하는 말을 듣고 금세 알아차렸어요. 나는 알아요. 엄마는 아저씨와 다른 사람들 사이에서 이미 아저씨를 선택했어요.

엄마가 무슨 일을 하든, 엄마가 무슨 말을 하든, 아저씨의 파란 눈은 엄마를 향해 있어요. 경이에 찬 눈빛, 다정하고 감동적이며 즐거운 눈빛으로요. 엄마는 아저씨 웃음소리를 듣고 싶어서, 그 파란 눈이 빛나는 걸 보고 싶어서 약간 무리를 하지요. 엄마가 애교 부리는 모습을 봤어요. 나는 엄마에게서 점점 더 여자를 발견하고 예전의 엄마, 지금도 이따금 볼 수 있는 엄마다운 모습에 점점 더 집착해요. 그 엄마를 잃을까 봐 너무 두려워요.

엄마와 아저씨가 노는 모습에는 유치한 구석, 약간 코미디 같은 면도 있어요. 다시 만난 후로 어느덧 3년 차에 접어드는데 시간의 흐름을 못 느끼는 걸까요, 아직도 해후의 감동이 가시지 않은 것처럼 보여요. 두 사람의 이야기는 언제나 다시 시작해요. 정상이 아닐 것도 없다고, 시간을 거슬러 올라가 50년 전처럼 지내는 것도 당연하다고 생각하고 싶지만 잘 안 돼요. 엄마가 이렇게 청춘으로 돌아갈 거라고는 생각도 안 해봤다고요. 두 분은 뭐랄까, 오래된 거실에 새로 들여놓은 번쩍번쩍한 가구 같아요. 사랑은 지나가고 열정은 마모된 나이에, 너무 신선한 감정을 늘어놓고 있잖아요.

엄마가 포도주를 한 잔 더 마신다고 아저씨가 웃어요. 엄마가 냅킨을 떨어뜨렸다고 아저씨가 웃어요. 엄마가 아저씨 말을 반박하니까 아저씨가 웃어요. 내 생각에는, 엄마가 나에게 소금병을 건네주기만 해도 아저씨는 웃음을 터뜨릴 것 같아요. 아저씨가 별것도 아닌 일로 어찌나 웃어대는지 나는 결국 엄마에게 이렇게 말했어요. 그만하시라고 해요. 저 정도면 엄마의 일거수일투족에 얼마나 감탄하는지 충분히 증명한 셈이잖아요. 아저씨가 계속 저러시면 엄마가 아무것도 못하겠어요. 아저씨는 내 말을 듣고 놀라서 눈이 휘둥그레지더니 또 웃음을 터뜨렸어요.

저녁에 아들을 위층 방에서 재우고 내려오니 묘하게 쓸쓸해졌어요. 그 방은 친할머니가 살아 계실 때 엄마의 첫 주방으로 꾸몄던 공간이에요. 나의 아주 어릴 적 기억에 남아 있는 주방이지요. 여기는 우리 집인데, 내가 어렸을 때 살던 집인데 더는 우리 집 같지 않아요. 엄마와 아저씨는 하루가 다르게 두 사람의 삶을 차곡차곡 만들어가고 있지요. 벌써 두 사람의 습관이 생겼어요. 저녁 식사 후에는 으레 우리 둘이 휴게실에 자리를 잡고 앉아 속에 있는 비밀들을 털어놓곤 했잖아요. 그런데 이제 엄마와 아저씨가 두 개의 안락의자를 딱 붙여놓고 난롯가를 차지한 채 무릎 위의 십자말풀이에 몰두하네요. 지우개와 연필을 들고 서로 머리를 맞댄 채 단어의 실마리를 큰 소리로 읽어주면서 풀이에 여념이 없어요. 엄마가 아저씨보다 답을 빨리 찾아요. 아저씨는 엄마가 너무 빨리 답을 말해버려 약이 오른 척하고 약간 아부하듯이 대단하다고 휘파람을 불기도 해요. 아저씨가 오답을 말한다고 엄마가 놀려대면 재미있어하기도 하고요. 저녁이 깊어지기 전에 십자말풀이가 끝나버리면 스크래블 게임*을 꺼내고 둘이서 시합을 벌여요. 스크래블 게임도 엄마가 이겨요. 아저씨는 투덜거리는 척해요. "또 다시 당신이 가진 일곱 개의 문자를 한 번에 다 게임판에 올려놓을 거라고 말하지 말아요!" 엄마가 게임판에 일곱 개의 문자를 자랑스레 늘어놓는 동안 아저씨는 씩씩거려요.

엄마와 아저씨 근처에 앉아 있으려니 내가 뭘 어찌하면 좋을지 모르겠어요. 십자말풀이는 취미 없고요. 스크래블 게임도 둘이 할 때나 재미있지 그 이상이 함께 하는 건 별로예요. 아니, 나는 엄마하고 할 때만 스크래블 게임도 재미있다고 느끼는지도 몰라요. 나는 두 사람 옆에 머물며 두 사람이 웃을 때 같이 미소 짓고 슬그머니 고개를 드는 짜증을 속으로 삼켜요. 책 읽기는 포기했어요. 도무지 집중이 안 되는걸요. 그저 설렁설렁 잡지를 넘길 뿐이지요. 두 사람이 주고받는 대화가 단편적으로

---

* 스크래블 게임 : 영어 알파벳 타일들로 단어 퍼즐을 맞추는 게임. 한 사람당 7개의 문자를 가지고 게임을 한다. 한 번에 2개 이상의 문자를 게임판에 놓아야 하며 한 번에 7개의 문자를 다 놓을 경우 50점이라는 큰 점수를 얻는다.

들리는 건 어쩔 수 없어요. 이렇게 세월이 흘렀는데도 꿋꿋하게 서로 존댓말을 쓰는 것도 거슬려요. 요 며칠은, 나를 따돌리듯 둘만 손발이 맞아 까르르 웃음을 터뜨릴 때, 나도 모르게 기가 막혀 하늘을 쳐다보곤 했어요. 내가 어떻게 된 걸까요? 우리가 어쩌다 이렇게 됐을까요, 엄마?

어느 저녁, 나는 엄마와 아저씨가 휴게실에서 게임에 몰두하게 내버려두고 작은 거실에 혼자 처박혔어요. 푹 꺼진 낡은 소파에 몸을 파묻고 텔레비전에서 보여주는 바보 같은 영화를 멍하니 보고 있었지요. 어느 순간, 휴게실 문이 열렸다 닫히는 소리, 복도를 지나다가 계단을 올라가는 두 사람의 발소리가 들렸어요. 작은 거실에 들러 나에게 밤 인사라도 해야겠다는 생각은 들지 않았나 봐요. 진즉에 내가 자러 올라간 줄 아셨겠지요. 아니면, 그냥 두 분이 내 존재를 잊은 게지요. 나도 침실로 올라가면서 엄마 방 앞을 지나갈 때 걸음을 늦추었어요. 안에서 속닥거리는 소리가 두 사람의 은밀한 시간을 얼핏 드러냈지요. 두 분이 늘 같이 자는 줄은 몰랐어요. 나한테 그런 말 안 했잖아요. 엄마는 이제 나에게 아무 얘기도 안 하네요.

엄마가 가져오라는 잡지를 찾으러 엄마 방에 들어갔어요. 지난번에 마지막으로 여기 왔을 때 이후로 엄마 방에 들어간 적이 없어요. 뭔가 변했어요. 그 변화가 나를 사로잡았어요.

아빠가 돌아가시고 엄마는 커다란 구리 침대를 차마 볼 수 없었어요. 엄마는 이미 몸이 차갑게 굳은 아빠가 진회색 모직 양복과 회색 새틴 조끼 차림으로 거기에 마지막으로 누워 있는 걸 보았지요. 엄마는 그 침대를 탑에 딸린 방으로 보내고 썰매 모양의 슈퍼싱글 침대를 들여놓았어요. 엄마가 처녀 시절에 썼던 밤색 침대와 서랍장 세트 말이에요. 그전에는 엄마의 부모님이 꼭 끌어안고 주무시던 침대이기도 했지요. 그런데 구리 침대가 돌아왔어요. 한동안은 아가씨 혼자 쓰는 방 같더니만 다시 부부 침실 분위기가 나네요. 또 다른 세월의 역행인가요. 고작 3년 전으로 돌아갔을 뿐이니 거창한 건 아니지만 나는 이

역행이 왜 이리 아플까요.

나는 곧바로 둥근 탁자에 성당 주보, 비시 시립극장의 하계 프로그램, 샹피옹 슈퍼마켓 전단지와 나란히 놓여 있던 잡지를 찾았어요. 벽난로 위 유리 액자 안에는 여전히 아빠의 사진이 있었지요. 파리 우리 집에도 같은 사진이 있어요. 밤색과 노란색 체크무늬 셔츠를 입고 지탄 담배를 입에 물고 있는 모습이에요. 침대 머리 서랍장에는 장 도르메송 신간이 놓여 있었지요.

무슨 호기심이 도졌는지 나도 모르게 그렇게 됐어요. 서랍을 열어본 거예요.

서랍 안에는 노트 패드, 이 집 주소가 박힌 봉투들, 산호 묵주, 핸드크림, 사진 몇 장, 손톱 다듬는 줄, 편지들이 있었어요. 일부는 직직 그어서 수정하고 덧쓰거나 구겨진 흔적이 있는 걸 봐서 엄마의 편지 초안 같았어요. 한편, 고이 접어 봉투 속에 넣은 채로 한쪽에 가지런히 놓여 있는 건 그자비에 아저씨가 보낸 편지들이었지요. 나는 다리가 후들거려서 구리 침대에 걸터앉아 아무거나 손에 잡히는 대로 읽어봤어요. 나한텐 그럴 권리가 없지요, 나도 알아요. 질투에 사로잡힌 여자처럼 내가 뭘 찾는지, 뭘 찾고 싶은지도 모르면서 엄마의 사생활을, 엄마가 더는 내게 드러내지 않은 것을 함부로 파고든 거예요. 나는 편지를 읽었어요. 마음을 담은 글, 옛날 말로 오가는 대화, 정도의 차이는 있지만 두 사람이 공유하는 추억의 환기, 끝날 줄 모르는 해명을 눈으로 훑으면서 최면에 빠지는 기분이 들었어요. 아저씨가 엄마를 포기한 게 아니라 1945년에 갑자기 사라져버린 사람은 엄마였다나요. 아저씨는 자세한 정황은 기억나지 않지만 자기가 먼저 떠나지 않은 건 확실하다고 했어요. 첫사랑의 자초지종을 알게 되겠구나 생각했던 엄마는 이 예기치 않은 해후 덕에 드디어 해명을 듣게 됐지만 엄마로서는 이해할 수 없는 해명이지요. 엄마와 아저씨가 50년 전에 왜 헤어졌는지 엄마는 결코 알 수 없을 거예요.

사랑의 고백들 중간중간 상세한 열차 시간표가 끼어 있었어요. "당신을 내 품에 안을 시간이 기다려집니다……. 9시 11분 기차를 타면 생피에르데코르에서 12시 28분에 닥스행 열차로 갈아탈 수 있어요(환승할 시간이 17분밖에 없으니까 미적거리지 않도록 주의해요. 계단으로 이동해야 하니 가방을 너무 무겁게 싸오지 말아요). 나는 저녁 7시에 집에서 출발할게요. 그러면 당신이 도착하는 7시 47분에 여유 있게 마중 나갈 수 있어요." 다음번에 함께 지낼 때의 계획도 나타나 있었고요, 굉장히 철학적인 사변들이 드러나 있었어요. 몇 장에 걸친 그런 대화는 읽지 않았어요. 두 사람은 전화는 자주 안 해요. 전화는 반백 년 끊어진 사연을 다시 이어나가기에는 너무 현대적인 수단이에요. 그 시절에 사랑의 고백은 반드시 잉크로 해야 했고, 종이에 증명을 남겨야 했어요.

서랍 가장 안쪽에, 편지들 아래에 작은 수첩이 있었어요. 그 격자무늬 수첩에 엄마는 초등학생처럼 꼼꼼하게 자신의 종교적 단상, 푸코 신부님과 교황 요한 바오로 2세의 말씀을 적어두었지요. 지극히 교과서적인 논평 아래 엄마의 결심들, 이웃을 더욱 사랑하겠다는 약속, 엄마의 결심을 잘 지킬 수 있도록 성모님께서 도와주시기를 청하는 기도가 적혀 있었어요. 나는 놀라지 않을 수 없었어요. 엄마, 엄마는 사실 어떤 사람인 거예요?

엄마가 아래층에서 나를 부르네요, 다 함께 커피를 마시려고요.

나는 퍼뜩 놀라서 서랍을 홱 닫았어요.

"잡지 찾았니?"

"네, 네, 찾았어요. 지금 내려가요."

나는 남의 물건을 뒤지는 사람이에요. 정말 그런 사람이 되어버렸네요. 나는 애인의 불륜 증거를 찾는 여자처럼 엄마 물건을 뒤지고 다녀요. 나는 이제 아저씨가 엄마와 늘 한 침대를 쓰는 증거를 찾았어요. 엄마는 내게 또 다른 무엇을 감추고 있나요?

엄마 침실 서랍장의 첫 번째 서랍을 열어요. 자질구레한 장신구와 속옷 사이에 엄마의 보석함을 넣어두는 서랍이에요. 우리는 엄마의 넓적한 옛날식 흑갈색 팬티를 펼쳐 보며 킬킬댔었지요. 이제 내가 많이 컸기 때문일까요? 엄마 팬티가 그렇게 거대해 보이진 않네요. 좀 더 요즘 식으로 변한 건가, 내 팬티와도 크게 달라 보이지 않아요. 대부분 흰색이고 검은색도 더러 있네요. 엄마가 했던 말이 생각나요. 아빠는 검은색 속옷을 좋아한다고 했지요. 몇 년 동안이나 이 서랍 속 내용물이 바뀌지 않은 채 그대로 있었을까요? 그러다 갑자기 엄마도 할머니들이나 입는 면 팬티가 부끄러워졌나요?

두 번째 서랍을 열어요. 새 잠옷이 눈에 띄네요. 레이스를 덧댄 흰색 모슬린 고운 잠옷이 구식 면플란넬 잠옷 옆에 곱게 개켜져 있어요.

세 번째 서랍은 가장 아래 칸이에요. 엄마는 아빠 스웨터에 손을 대지 않았어요. 성기게 짠 회색 스웨터는 아빠가 책상에 앉아 일할 때나 난롯가에서 신문을 읽거나 서류를 정리할 때 자주 걸치던 옷이지요. 좀 더 촘촘한 조직의 스웨터 두 벌은 아직도 셀로판지에 싸여 있어요. 엄마는 크리스마스나 생일에 아빠에게 이런 옷을 선물하곤 했지요. 아빠는 절대 새 옷을 바로 입지 않았어요. 스웨터나 셔츠만 그런 게 아니라 빵이나 과일도 맛없게 굳어지거나 상할 때까지 두곤 했지요. 갓 구운 바게트는 금세 퍼석하게 말라빠지는데 우리 식구는 늘 맛없는 마지막 쪼가리까지 먹어치우느라 고역이었고, 상한 사과를 성한 부분만이라도 먹자고 잘라보면 그 부분도 속은 다 썩어 있곤 했지요. 아빠는 새 옷을 입어보고 고맙다고 한 다음 다시 포장지로 고이 싸서는 낡고 해지고 보풀이 잔뜩 일어난 헌 옷, 아빠가 "다 떨어질 때까지 입어야 할" 니트류 옆에 보관했어요. 하지만 그게 다가 아니었어요. 아빠 서랍에 아빠 것이 아닌 속옷과 양말이 얌전하게 정리되어 있었어요. 왜 하필 여기에? 그자비에 아저씨 물건은 내가 여기 와 있을 때 아저씨가 쓰는 '척하는' 방에 있어야 하는 것 아닌가요?

우리 욕실과 인접해 있는 엄마 욕실에는 엄마 아빠의 옷방이 딸려 있지요. 나는 엄마 옷부터 살펴봤어요. 엄마의 흰색이나 염색하지 않은 자연색 실크 블라우스들 옆에 내가 처음 보는 투피스가 한 벌 걸려 있네요. 엄마가 이번 겨울에 입으려고 산 옷이겠지요. 엄마가 이 옷을 입은 모습을 상상해봤어요. 파란색과 회색 배색이 엄마의 눈 색깔과 잘 어울릴 것 같아요. 엄마는 새 옷을 사면 항상 내 앞에서 입어보고 의견을 구하는데 이 옷을 입은 모습은 보여주지 않았어요. 아마 깜박 잊었겠지요. 그리고 엄마의 오래된 신발들이 가지런히 놓여 있는 장 아래쪽에 내가 처음 보는 감청색 펌프스*도 한 켤레 놓여 있어요. 안쪽에 뭉쳐 넣은 종이도 그대로인 새 구두예요. 새로 산 투피스와 잘 어울릴 것 같아요. 올겨울, 몽토방에서 엄마는 아주 맵시가 나겠어요.

오른쪽 아빠 칸을 열어봤어요. 요즘은 두루마리 화장지를 넣어두는군요. 아빠 옷을 싹 정리해버리고요, 사계절 바지와 셔

---

* 펌프스 : 끈이나 고리가 없고 발등이 깊이 파져 있는 여성용 구두.

츠와 웃옷 가운데 아빠가 미처 입을 시간조차 없었던 어두운 색 양복과 줄무늬 벨벳 블루종*만 남겨두었네요. 아빠가 그 옷을 통신 판매 회사 라 르두트에 주문했던 게 기억나요. 양복 한 벌과 블루종, 엄마는 딱 그것만 남겼어요. 아빠의 낡은 바둑판 무늬 외투는 어떻게 했나요? 노란색 모로코산 슬리퍼는요? 불과 몇 달 전에도 내가 아빠 체취를 느끼고 싶어서 목에 둘러봤던 회색 머플러는 어떻게 했어요? 아빠가 매일매일 입었던 옷, 정원 일을 할 때나 숲으로 산책을 갈 때도 입었던 색 바랜 웃옷은 어떻게 했나요? 아빠가 돌아가시고 몇 주 내내 나는 그 까끌까끌한 웃옷을 품에 안고 머리를 묻은 채 굵은 능직에 배어 있는 비누, 땀, 향수가 뒤섞인 냄새를 들이마셨어요. 아빠의 마지막 자취를 간절히 바라는 마음으로 숨을 크게 들이마셨어요. 나는 숨이 막히도록 그 옷에 얼굴을 묻고 매달렸어요.

　엄마는 아빠를 어떻게 했나요?

* 블루종 : 잠바 스타일의 짧은 상의. 허리 부분에 오는 밑단을 벨트나 고무로 조인다.

아빠가 떠난 지 벌써 4년이 지났어요. 그렇지만 나는 아직도 때때로 잠자리에 들 때 약간 지친 듯한 아빠의 발소리가 들리는 듯해요. 옷방 아빠 칸에 있던 노란색 모로코산 슬리퍼를 살짝 끌면서 내 방 쪽으로 다가오는 소리. 아빠는 종종 삐걱 소리가 나는 문을 열고는 둥근 솔을 걸거나, 웃옷을 옷걸이에 걸거나, 엄마와 한 바퀴 돌아보려고 아노락*을 챙겼지요.

혼자 울고 싶어서 내 방에 틀어박혔던 날이 생각나네요. 귀여운 아기를 만나고 싶다는 소망이 다시 한번 붉은 피와 함께 사라진 날이었지요. 아빠가 옷방에 뭘 찾으러 올라왔다가 내 울음소리를 들었던 거예요. 아빠는 조심스럽게 노크를 하고는

---

* 아노락 : 후드가 달린 상의. 방한용·방풍용으로, 주로 등산을 하거나 스키를 탈 때 입는다.

얼굴을 슬쩍 내밀었어요. 걱정스러운 표정으로 내 방에 들어왔어요. 아빠는 침대에 앉아 있던 내 옆에 나란히 앉아서 나를 위로해주었어요. 나를 품에 안아주거나 뽀뽀를 하지는 않았지만요. 우리 부녀는 그런 쪽으로는 무뚝뚝했지요.

아빠가 돌아가셨을 때 나는 울부짖었어요. 도무지 참을 수가 없었어요. 나는 신성 모독도 서슴지 않았어요. 신에게 딱 한 시간만 뒤로 돌아가게 해달라고 했어요. 아빠에게 전화를 걸어 사랑한다는 말을 할 수 있도록. 아빠에게 한 번도 못했던 그 말을 마지막으로 할 수 있기를 바랐어요.

일주일 내내 죽고 싶다는 생각만 했던 것 같아요. 죽어서 아빠 곁으로 가면 어떨까. 일주일 내내 아기에게 젖을 먹이는 것도, 기저귀를 가는 것도 잊고 살았어요. 아기를 더는 돌볼 수 없었어요. 나는 이미 죽은 사람이었어요.

나는 서서히 살아났지만 더는 예전 같지 않았어요. 나는 아주 어릴 적부터 그물 위에서 공중그네를 타왔는데 이제 막 누군가가 그물을 치워버린 거예요. 이제 내가 공중에서 묘기를 선보일 수 있을까요? 내가 떨어지면 누가 날 잡아주며 무엇이 나의 안전장치가 되어줄까요?

지금, 내 방에 들어와 있으면, 아직도 조심스러운 발소리가 복도에서 들려요. 하지만 그건 삐걱 소리가 나는 문을 열고는 둥근 솥을 걸거나, 웃옷을 옷걸이에 걸거나, 엄마와 한 바퀴 돌아보려고 아노락을 챙기는 그자비에 아저씨의 소리예요.

아저씨가 아빠를 대신할 수 없다는 건 말할 필요도 없어요. 아저씨는 그저 아빠 방에 들어가고 아빠가 걷던 복도를 걷고 엄마가 만들어놓은 공간에 자기 물건을 가져다 놓았을 뿐이에요. 이건 대체가 아니라 점령이라고 해야겠지요.

비가 와요. 하루도 빠짐없이. 부르보네의 11월은 흐리고 춥고 축축하지요. 아침은 흰색이에요. 아침에 삐걱거리는 덧창을 열어젖히면 숲과 들판 위를 떠도는 하얀 베일이 눈 앞에 펼쳐지지요. 나는 창 앞에서 조금 미적거리다가 아침을 먹으러 내려가요. 잠옷 바람으로 앉아 있는 엄마와 아저씨 사이에 끼어 아침을 먹는 게 좀 부담스럽지만요.

나는 옷을 껴입고 밖을 한 바퀴 돌아보러 나가요. 빛 없는 하늘 아래, 오래된 나무들이 불안하게 바스락 소리를 내요. 낙엽이 부서지는 소리는 함석지붕을 타닥타닥 때리는 빗소리를 닮았어요. 부식토와 젖은 나무 냄새가 나요. 추웠어요. 얼른 집으로 들어갔어요.

늘 그렇듯이 점심 식사 후에 아저씨는 마당으로 담배를 피우러 나갔다가 엄마에게 커피를 가져다줘요. 컵 받침에 엄마가 늘 "커피에 담갔다 꺼내서 먹는" 각설탕 한 알과 밀크초콜릿 한 조각을 곁들여 내오지요. 그다음에 아저씨는 낮은 안락의자에 앉아 조간신문 《르 피가로》를 읽으면서 그날그날의 뉴스에 큰 소리로 논평하고 엄마는 같은 신문의 '여성판'을 설렁설렁 훑어보지요. 나는 다시 지루해지기 시작해요. 바깥바람이 만만치 않아 산책은 나갈 엄두가 안 나요. 그래서 피곤하다는 핑계를 대고 내 방으로 올라가지요. 나는 기분이 좀 그래요. 이번 연휴는 망했네요. 뭔가가 잘 안 풀려요.

오후에 아저씨는 자기 개를 산책시키러 숲으로 가요. 휴게실에는 엄마와 나만 있어요. 엄마는 벽난로 옆에 앉아 책을 무릎에 올려놓고 손에는 뜨개질감을 들고 있어요. 나는 침묵을 피하기 위해 음악을 틀어요. 엄마는 가끔 아는 노래가 나오면 흥얼거리기도 하고 뜨개바늘로 안락의자 팔걸이를 툭툭 두들겨 장단을 맞춰요. 날이 어둑해지기 시작하면 셋이서 난롯가에 둘러앉아 차를 마셔요.

예전 같으면 편안하고 즐거웠을 한 주가 거의 다 지나갔어요. 거기서 주말까지 보낸다는 건 도저히 못 참겠더라고요. 나는 예정보다 빨리 돌아갔어요. 분명히 우리 집이었던 곳이 더는 편하지가 않았어요. 우리 집은 점점 엄마와 아저씨의 집이 되어가고 있었어요. 처음에는 마음이 통하는 관계였다면 이제 금슬 좋은 한 쌍 분위기가 나더군요. 그래서 다른 사람은 눈치 없이 낀 것 같은 기분이 들더라고요.

마지막 날, 엄마가 우리를 역까지 데려다줬어요. 플랫폼에서 엄마와 뺨을 맞대고 인사를 할 때 나는 알았어요, 이제 그 무엇도 예전 같을 수 없음을.

11월 중순, 엄마는 또 떠났어요. 스산한 아침 댓바람, 서리가 하얗게 내려앉은 시각에, 엄마는 난방을 끄고 냉장고를 비우고 온 집의 덧창과 문을 잠갔어요. 그자비에 아저씨가 자신의 낡은 차에 엄마를 태우고 함께 몽토방으로 떠났어요.

엄마는 크리스마스 때나 돌아올 거예요. 엄마의 자리를 되찾기 위해, 엄마의 집을 다시금 느끼기 위해, 추위와 눈 내리는 하늘과 살얼음 끼는 습기에 다시금 익숙해지기 위해 크리스마스를 며칠 앞두고 돌아오겠지요. 그때부터 우리를 맞이할 준비를 하겠지요. 소란, 울음소리, 아이들이 뛰어다니면서 일으키는 바람, 진흙 얼룩, 문간에 아무렇게나 내팽개친 외투, 아무 데나 굴러다니는 장난감과 다시 친해질 준비를. 6주간의 차분하고 정돈된 생활을 청산하고 다시 무질서를 상대할 준비를.

전화 통화를 하면서 엄마가 얼른 돌아오고 싶지는 않구나 느껐어요. 벽돌색 마을에서의 삶은 안온하고 엄마는 그 삶에 조금씩 익숙해졌어요. 몽토방에서 안과에 갔다가 아주 친절하고 실력 있는 의사를 만났는데 그 안과는 아저씨 집에서 걸어갈 수 있을 만큼 가까워요. 몽토방 집은 시내에 있어서 매사가 훨씬 쉬워요. 시골 생활과는 딴판이지요. 백내장 수술을 해야 한다는데 엄마는 그냥 몽토방에서 받을까 생각 중이에요. 우리에게서는 멀지만, 엄마의 새로운 집과 새로운 친구들과 아저씨의 곁에서.

한 해의 마지막 날, 부르보네의 엄마 친구들은 엄마를 신년 축하 파티에 초대했어요. 그분들도 엄마를 보고 싶어 해요. 그분들이 약간 서글픈 미소를 띠고 나에게 말했거든요. "어머니가 요즘은 도통 여기 안 계시잖아, 얼마나 보고 싶은지 몰라……."

그분들 심정을 이해하고도 남지요.

파리로 돌아오고 얼마 안 되어, 임신 2개월째부터 나는 거의 누워 지내다시피 했어요. 7년 전 첫 임신 때도 유산 조짐이 있어서 임신 3개월까지는 절대 안정을 취해야 했지요. 그때 엄마는 아빠고 뭐고 다 팽개치고 달려와 나를 돌봐줬어요. 아빠는 딱하게도 보름 내내 달걀과 빻은 통밀만 먹고 살았지요. 아빠가 스스로 요리할 수 있는 식재료는 그 두 가지가 다였거든요. 이번에는 내가 먼저 엄마에게 잠시 집에 와주면 좋겠다고 말해야만 했어요. 엄마는 우물쭈물 망설이고 핑계를 댔어요. 이제 막 몽토방에 도착해서 상황이 좀 그렇다……. 그자비에가 실망할 텐데 어쩌냐, 시기가 안 좋구나……. 그래, 좀 두고 보자…….

엄마는 결국 시주하듯이 나에게 한 주를 내주었어요. 하지만 그러지 말걸 그랬나 봐요. 엄마는 장을 봐주었고, 빵집이나 슈퍼마켓에도 다녀와주었어요. 하지만 저녁 준비나 아들 목욕, 가끔 있는 유치원 숙제를 봐주는 일에는 별 도움이 되지 않았지요. 엄마는 대부분의 시간을 거실 소파에서 뜨개질을 하거나 십자말풀이를 하거나 텔레비전을 보는 것으로 보냈어요. 사실, 엄마는 나에게 아무런 도움이 되지 않았어요.

어쩌면 그건 내 잘못일 거예요. 내 마음이 불안하다 보니 나를 중심으로 생각하고 쉽게 신경이 날카로워지고 짜증이 났던 것 같아요. 엄마는 늘 나보고 자기밖에 모른다고 힐책했는데 그 말에 일리가 있어요. 그리고 엄마도 내 집이 편하지 않았을 거예요. 나는 쿠션을 깔아놓고 누워서만 지내다 보니 다른 곳에 있고 싶은 엄마의 바람까지 늘어줄 수 없었고요. 엄마에게 파리는 칙칙하고 정신이 하나도 없는 도시예요. 엄마는 살기 좋은 벽돌색 도시로 얼른 돌아가고 싶었을 거예요.

그렇게 일주일을 보내고 엄마는 다시 몽토방행 열차에 올랐어요. 엄마가 가서 나는 거의 안도했어요.

그자비에 아저씨는 엄마 집에서 보내는 기간이 길어진 후로 엄마 친구들과도 가까워졌어요. 사람들은 아저씨를 좋게 봤어요. 차 모임, 브리지 게임, 점심 식사의 '동반' 초대장이나 카드가 많이도 왔지요. 봉투에 점점 더 그자비에라는 이름이 엄마 이름 바로 아래 자주 등장했어요. 아저씨는 좀 뻣뻣했지만 옛날의 프랑스에서 튀어나온 것 같은 인상은 이곳 부르보네 사람들에게 오히려 호감을 주었을 거예요. 부르보네는 면적 대비 성(城)의 수가 가장 많은 고장이니까요.

우리는 4월의 첫 주말을 두 분과 함께 보내기로 했어요. 엄마를 못 본 지 너무 오래라서 보고 싶기도 했고요. 엄마는 우리의 방문을 기뻐하면서도 미리 양해를 구했어요. 엄마와 아저씨는 토요일 점심 약속이 있고 거기서 브리지 게임까지 하느라 늦어질 거라고요. 심지어 약속 장소가 가깝지도 않았어요. 집에서 50킬로미터는 떨어진 곳이었지요. 엄마와 아저씨는 저녁 여섯 시나 일곱 시는 되어야 돌아올 수 있었어요. 그러니까 저녁도 같이 못 먹겠네요. 엄마와 아저씨는 점심이니 간식이니 잔뜩 먹고 와서 시장하지 않을 테니까요.

우리는 엄마를 만나러 간 건데 우리끼리 집을 지키게 생겼네요.

엄마와 아저씨는 오전 11시에 이미 모든 준비를 마쳤어요. 엄마는 차고에 가서 차를 빼가지고 현관으로 왔어요. 나는 두 사람을 바라보았어요. 엄마와 아저씨는 보기 좋은 한 쌍이었어요. 엄마는 미용실에 다녀왔는지 염색을 새로 한 것 같았고 커트도 완벽했어요. 새로 산 하늘색 투피스가 잘 어울려요. 푸아그라와 콩피를 많이 먹어서 살이 붙은 것 같은데도 엄마는 예뻐요. 엄마는 더는 『탱탱』을 읽지 않겠지만 엄마는 그 만화 속 할머니하고는 영 딴판이에요. 그자비에 아저씨도 봄 느낌 나는 연회색 양복, 흰색 셔츠, 진녹색 넥타이를 갖춰 입었고 구두는 완벽하게 닦았어요. 아저씨는 잘생겼어요. 엄마는 아저씨와 팔짱을 끼고 있으면 자랑스러울 거예요. 대부분 과부 신세인 엄마 친구들은 부러워할 테고요. 아저씨 역시 엄마가 자랑스럽겠지요. 살아 계실 때 늘 엄마에게 감탄해 마지않았던 아빠처럼요. 아빠도 멋쟁이였어요. 자세는 좀 구부정했지만요.

6월 5일에 둘째 아들을 낳았어요. 배 속에서 숱 많은 머리를 한 번 깎고 나온 것 같은 검은 머리의 아기였지요. 출산은 무탈하게 이루어졌어요. 나는 병원에 일주일 있다가 퇴원하기로 되어 있었고, 엄마는 엄마 집에서 할 일이 많았어요. 물론, 엄마는 나를 보러 올 거예요. 며칠 있다가요. 엄마가 나에게 미리 알렸어요. 엄마가 열차 시간표를 좀 보고 확답을 주겠다고요. 서두를 이유가 없지요, 모든 일이 순탄하게 이루어지고 있는걸요.

퇴원하고 며칠은 엄마가 우리 집에서 지내면서 나를 도와주기로 했어요. 우리는 매일같이 잠을 설쳐요. 다행히도 엄마는 밤에 푹 자요. 아파트에 울리는 아기 울음소리나 우리의 발소리에도 세상모르고 잘만 자요.

  낮에 엄마는 우리와 달리 기운이 넘쳐요. 그 기운으로 내 진을 다 빼놓지요. 엄마는 분유를 만드는 법도, 기저귀 가는 법도, 아기의 조그만 팔다리를 면 보디슈트에 끼워 넣는 법도 몰라요. 게다가 엄마는 알아서 하는 게 하나도 없어요. 코앞에 있는 뤽상부르 공원에 잠시 유모차를 끌고 나가야겠다든가, 점심 혹은 저녁에 뭘 먹어야겠다든가, 정육점이나 채소 가게에서 뭘 사야겠다든가, 요리를 해야겠다든가, 빨랫감을 세탁기에 넣어야겠다든가, 다 먹은 그릇을 식기세척기에 넣어야겠다든가. 엄마는 그냥 어정쩡하게 있다가 갑자기 차를 한잔 마시자고 하지만 다관*이 어디 있는지, 물 끓이는 주전자는 어떻게 작동시키는지 하나도 모르지요. 나는 녹초가 되었어요. 나는 갓난아이도 봐야 하고, 집도 깨끗하게 정리하고 유지해야 하고, 점심과 저녁 준비도 해야 하는데 그걸로 모자라 엄마까지 돌보는 기분이에요. 엄마 핸드백은 현관에 굴러다니고 엄마 주소록 수첩은 거실의 낮은 다탁에 놓여 있고 엄마의 레인코트는 소파 등받이에 걸려 있지요. 비가 왔었고 엄마는 우산을 말린다고 거실 마룻바닥 위에 물이 뚝뚝 떨어지는 우산을 펼쳐놓았어요. 간이탁자 아래 뒹구는 비닐봉지와 양말은 뭐고, 신발을 거실 벽난로 앞에서 말리는 건 또 뭔데요. 산타 할아버지가 거기에 선물이라도 두고 가길 기다리나요. 나는 힘들고 지쳐서 참을성이 조금도 남아 있지 않아요. 이제 진짜 엄마를 어떻게 해야 할지 모르겠어요. 일상을 같이하면서 사사건건 신경을 곤두세우느니 힘들어도 차라리 내 손으로 다 하는 게 백배 나아요.

미안해요, 엄마가 더는 스무 살이 아니라는 걸 내가 깜박했어요.

---

* 다관(茶罐): 끓인 물과 찻잎을 넣어 차를 우려내는 그릇.

엄마와 아저씨 두 분의 삶은 자리를 잡았어요. 겨울은 아저씨네서, 봄은 엄마네서, 여름은 각자의 집에서, 그리고 가을은 이 집에서 조금 저 집에서 조금.

　살림을 완전히 합치는 건 바라지 않아요. 그건 생각해보지도 않았어요. 엄마는 오래전부터 인생의 일부가 된 이 집과 정원, 이 고장에서 사귄 친구들을 버릴 마음이 없어요. 아저씨는 겨울에 눈이 많은 고장이 싫대요. 가을의 매서운 바람과 얼음장 같은 비도 딱 질색이고요. 아저씨 역시 이전의 삶을 완전히 정리할 마음이 없어요. 살던 곳을 떠난다는 건 추억을 멀리한다는 것, 자칫 잃을 수도 있다는 것이지요. 흐르는 세월 앞에서는 기억보다 장소가 더 믿을 만하지요.

　나는 엄마와 아저씨가 요즘 커플답다고 생각해요. 커플이어도 따로 살 수 있으면 좋지요. 나도 모르게 또 엄마를 부러워하고 있네요. 일상의 너절함을 참지 않아도 된다니 얼마나 좋아요. 어쩌면 엄마와 아저씨 커플은 영원히 너절해지지 않을 것 같아요. 같이 살면 소소하게 거슬리는 일이 불거지고, 그게 반복되다 보면 꿀이 뚝뚝 떨어지던 관계도 차게 식어버려요. 엄마와 아저씨 사이에는 그런 게 없어요. 그 9월의 해후로부터 4년이 지났는데도 엄마와 아저씨가 서로를 바라보는 눈은 여전히 경이로움으로 빛나요.

지난 일요일에 그자비에 아저씨의 많고 많은 손주 가운데 막내의 세례식이 있었어요. 엄마도 물론 그 자리에 초대를 받았지요. 몽토방에서 엄마와 아저씨가 함께 올라왔어요. 파리 근처 마시팔레조에 사는 아저씨 딸 집에서 하룻밤을 묵었지요.

다음 날 엄마의 전화를 받았어요. 엄마는 다짜고짜 감자가 어쩌고저쩌고 하더니 그 얘기밖에 안 했어요.

아저씨 사위가 감자 '농사'를 한다나요. 점심을 먹고 나서 사위가 농장을 보여준다고 데리고 갔어요. 엄마와 아저씨는 거대한 창고까지 돌아봤는데 거기에 감자가 진짜 산처럼 쌓여 있었다나요. 엄마는 아직도 그 순간의 놀라움에서 헤어나지 못한 것 같았어요.

"평생 그렇게 감자가 많은 건 처음 봤어! 그냥 여기를 봐도 감자, 저기를 봐도 감자, 눈앞이 다 감자야. 진짜 감자의 산이었어!"

엄마는 웃음을 터뜨렸어요. 감자 산이 그렇게 재미있었나요. 그 나머지, 이를테면 세례식, 그날 만났던 사람들, 점심 식사, 그날 묵은 집에 대해서는 일언반구도 없었어요.

세상에. 나랑 못 본 지 몇 달이나 됐는데 파리까지 올라왔으면서 우리 집엔 들르지도 않고 내려갔네요. 내가 익숙해져야겠죠, 이제 우리가 엄마의 유일한 가족은 아니니까. 그래도 기껏 나한테 한다는 이야기가 감자뿐인가요……

엄마가 몇 달 전에 우리에게 말했어요. 엄마가 먼저 그렇게 하자고 했다고요. 엄마가 제안했더니 다들 좋아했다고요. 올해 11월 6일에 그자비에 아저씨는 여든 살이 돼요. 그 여든 번째 생일잔치를 엄마 집에서, 우리도 불러서 하기로 했고 다들 좋아했다나요. 엄마는 아저씨 딸들과 그런 이야기를 나누었어요. 엄마 집은 워낙 크니까 양가 자식 손주가 다 오더라도 너끈하지요. 우리 쪽이 한 스무 명, 그쪽은 못해도 서른 명은 될 거예요. 대단한 집안 잔치예요. 양가 가족이 처음으로 함께 모이는 자리이기도 하고요. 당연히 잔치 준비는 아저씨 모르게 하기로 했고요.

　그 잔치가 오늘이에요. 아직 9월 초밖에 안 됐고 날씨가 좋아요. 엄마는 늦가을에 잔치를 치를 마음이 없었어요. 11월의 살얼음 언 듯 희끄무레한 아침 이슬, 싸늘한 비바람 속에 회오

리치는 낙엽을 굳이 손님들이 경험할 필요는 없으니까요. 그건 아저씨도 원치 않았을 거예요. 그래서 잔치를 앞당기기로 했지요. 그렇게 하는 게 모두에게 좋았어요. 80년 살아온 세월을 기념하는데 두 달 차이가 무슨 대수겠어요?

여름 끝자락이면 늘 그렇듯 며칠 전부터 아저씨는 엄마 집에 와 있었어요. 계획은 완벽하게 세워졌지요. 오후에 두 분은 여기서 차로 30분 거리에 있는 친구 집으로 브리지 게임을 하러 갔어요. 집에 돌아오는 시각은 아무리 빨라도 오후 7시는 될 거예요. 그 사이에 우리는 아저씨와 엄마를 잔치에 맞아들일 준비를 해요.

아저씨의 다섯 딸 중에서 내가 아는 사람은 엄마가 늘 "리옹 딸"이라고 부르는 한 명뿐이에요. 우리가 같이 지낼 때 이 집에 한 번 인사하러 왔었는데 그때가 아마 7월이었을 거예요. 그 딸은 캠프에서 스카우트 활동 지도를 하고 곧바로 오는 길이어서 옷 갈아입을 시간도 없었다고 하더군요. 그녀가 우리 집에 도착했을 때가 기억나요. 내가 여덟 살 때 엄마가 걸스카우트에 입단시키면서 입혔던 것과 똑같은 단복을 입고 있었지요. 감청색 주름치마, 하늘색 블라우스, 감색 웃옷과 양말, 목에 두른 줄무늬 스카프…… 2년간의 걸스카우트 생활은 최악이었어요. 수요일 오후마다 롱드 생트 아네스에서 못되기로는 우열을 가릴 수 없는 여자애들이랑 한 텐트에서 자야 했지요. 밤에는 춥고 습해서 오돌오돌 떨었고, 세수는 다 같이 시냇물에서 해야 했고, 찬물에 대충 담갔다 꺼낸 알루미늄 식판에 금속 맛이 나는 파스타를 먹으라고 담아줬지요. 엄마는 하나뿐인 딸을 자기밖에 모르는 응석받이로 키우지 않겠다는 생각으로 날 거기에 넣었어요. 내가 또래 여자아이들과 어울리면서 단체 활동에 재미를 느끼기 바랐던 거예요. 하지만 엄마의 기대는 어긋났어요. 나는 활동에 잘 참여하지 않고 구석에만 처박혀 있었지요. 난 지금까지도 엄마가 날 걸스카우트에 집어넣은 게 원망스러운 것 같아요. 7월에 우리 집을 찾은 그녀는 내가 어릴 적 만났던 못된 걸스카우트 단원들과는 전혀 달랐지만요. 우리는 차 한 잔과 생강빵 몇 조각을 앞에 두고 유쾌한 시간을 보냈어요.

오늘 "리옹 딸"의 나머지 자매들을 만났어요. 장녀는 엄마와 이름이 같은 "수녀님"인데 이 잔치를 위해서 스페인의 산 세바스티안에서 일부러 왔어요. 엄마는 그녀의 진솔한 태도에 호감을 느꼈지요. 모니크 수녀님이 자기 아버지를 약간 들이받을 때는 재미있어했고요. 그다음에는 거의 한 부족이 소형 버스 비슷한 차로 도착했는데 바로 "아이가 열한 명인 딸"이었어요. 막내딸 베로니크도 왔고, 부드러운 표정이 인상적인 "감자 농사 짓는 딸"도 왔고, 마지막으로 엄마의 주치의이자 올케의 오빠이

기도 한 "베르나르랑 아는 딸"까지 왔어요. 엄마는 그 자매들 얘기를 할 때 이름으로 지칭하지 않았어요. 우리가 누가 누구인지 헷갈릴까 봐 걱정이 되어서 엄마 나름대로 구별을 했어요. 리옹 딸, 수녀님, 아이가 열한 명 딸, 감자 딸, 베르나르랑 아는 딸. 그 다섯 자매는 하나같이 싹싹하고 똑 부러지는 느낌이었지만 희한하게도 외모는 서로 닮은 구석이 없었어요.

엄마와 아저씨가 탄 차가 오솔길로 들어오기 시작했어요. 차가 부드럽게 달리는 걸 보니 엄마가 운전을 하나 봐요. 엄마의 다소 긴장된 표정이 상상됐어요. 엄마는 오늘 아침 살짝 불안해하면서 나를 붙잡고 혹시 아저씨가 너무 놀라서 심장 발작이라도 일으키면 어떡하느냐고 했지요. 자동차가 하얀 가로대 가까이서 속도를 늦출 때 오솔길 따라 우거진 덤불 사이에 숨어 있던 우리는 차례차례 튀어나왔어요. 계획은 제대로 들어맞았어요. 그자비에 아저씨는 이 시골구석과는 아주 먼 곳에 사는 딸과 사위, 손자 손녀가 한 명씩 등장하자 놀라서 얼이 빠졌어요. 아저씨는 크게 감동했지만 심장 발작을 일으키지는 않았어요. 엄마는 안도하면서 웃음을 터뜨리고 자신이 준비한 이벤트에 흡족해했지요.

식전주는 밖에서 마셨어요. 저녁 식사 식탁을 마련하기 위해 큰 거실에 여섯 개의 탁자를 옮겨놓고 정원의 고물 탁자까지

들여놓고 자수 식탁보를 덮었어요. 나는 "베르나르랑 아는 딸"과 "아이가 열한 명인 딸"의 남편 맞은편에 앉았어요. 그 남편은 군인이라는데 좀 위협적인 인상이었지요. 저녁 식사로 볼로방*을 먹고 난 뒤 벽에 걸어놓은 스크린에 복 많은 80년 인생의 영상이 펼쳐졌어요. 그중 가장 마지막 4년 동안의 영상에는 엄마도 함께 등장했지요. 4년. 고작 4년이에요. 갑자기 모든 것이 쉽사리 부서질 것처럼 느껴졌어요. 앞으로 몇 년이나 남았을까? 엄마와 아저씨에게 주어진 시간 말이에요. 엄마의 여든 번째 생일잔치에도 아저씨가 있을까요? 3년 남았네요. 3년 후에 엄마는 어디에 있을까요? 두 분에게는 한 해 한 해의 무게가 묵직하기만 하지요…….

케이크가 도착하자 아이들은 소리를 지르면서 할아버지를 에워쌌어요. 나는 그들을 바라보았어요. 단정하게 차려입은 아이들은 새로 찍어낸 주화처럼 말끔했어요. 그 아이들은, 특히 남자아이들은 굉장히 비슷비슷하게 생겼더군요. 나는 그렇게 많은 아이를 한꺼번에 보는 게 익숙지 않아 누가 누구인지 모르겠더라고요. 오늘 하루가 끝나도 어차피 누가 누구인지, 누가 어느 집 아이인지 모를 거예요…….

* 볼로방 : 파이 껍질에 고기나 생선을 다져서 넣은 요리.

꼿꼿한 자세와 회색 양복의 그자비에 아저씨는 황홀해 어쩔 줄 몰랐지요.

엄마는 여기, 아저씨 옆에서, 좌중의 한복판에서, 미소 띤 얼굴로 잔치를 주재하고 있었어요. 엄마도 감격에 겨운 듯 보였어요. 엄마가 두 번째 가족과 함께하는 모습을 우리가 보는 건 처음이에요. 여기서 엄마는 더는 엄마나 할머니가 아니에요. 오늘 저녁의 엄마는 '마마치카'*예요. 아저씨 가족이 붙여준 그 애칭은 꽤 정감이 있어요. 어쩌면 우리도 그자비에 아저씨에게 호칭을 따로 마련했어야 했나 봐요. 아저씨도 이제 우리 가족으로 생각한다는 것을 보여주기 위해서요. 아저씨를 엄마의 옆지기로, 엄마와 아주 가까운 특별한 존재로 인정한다는 의미로요. 엄마를 너무 편하게, 너무 따뜻하게 대하는 그 집 식구들을 보고 있자니 내가 아저씨를 이름으로 부르기가 뭐하더라고요. 엄마랑 그냥 좀 친한 분 성함을 부르듯 해서는 안 될 것 같았어요. 남자 애칭으로 '마마치카' 비슷한 건 뭘까요? 파파치카? 바이치카? 단순히 호칭 문제가 아니라는 건 알아요. 우리는 그럴 수 없었어요. 그리고 오늘 보니 이미 늦은 것 같고요.

엄마와 아저씨를 둘러싼 대가족을 바라보았어요. 엄마가 모

---

* 마마치카: 러시아어로 '엄마'를 뜻하는 단어.

두를 한자리에 모은 건 정말 좋은 생각이었어요. 우리 가족은 아니지만 이제 엄마에게는 가족이나 다름없는 저들에게 이 자리가 어떤 효과를 미쳤을지 궁금해요. 저들의 아버지이자 할아버지의 생일을 낯선 집에서, 저들이 한 번도 와보지 않은 고장에서, 몇 시간 전까지 한 번도 본 적 없는 사람들과 함께 축하한다는 건 어떤 기분일까요. 마치 결혼식에서 양가 가족이 인사를 나누고 서로 잘 보이려고 애쓰는 것 같아요. 솔직히 주최와 손님이 잘 구분이 안 가요. 우리 가족이 아저씨네 가족을 초대한 건지, 우리도 엄마와 아저씨의 손님인 건지 잘 모르겠어요.

밤이 다가올 무렵, 샴페인 기운 때문인지 내 머릿속은 온통 흐릿하고 뒤죽박죽이었어요. 가족, 과거, 현재, 엄마 집, 우리 집, 아저씨 집, 그들의 집. 우리가 해야 했지만 할 수 없었거나 하고 싶지 않았던 일. 우리의 부족함, 우리의 이기심까지도. 나는 이제 내가 어떤 상태인지도 잘 모르겠어요.

"있잖아, 그 자비에와 한 침대를 쓴단다. 그게 더 편한 점이 있다 보니⋯⋯. 음, 신경 쓰이지는 않지?"

물론 나는 이미 알고 있었어요. 하지만 그런 말은 하지 않았어요. 아뇨, 엄마, 내가 신경 쓸 게 뭐가 있어요. 내가 도무지 이해할 수 없는 건, 엄마와 아저씨가 각방을 쓰는 것처럼 보이고 싶어 한다는 거예요. 도대체 무슨 이미지 관리를 하는 거예요?

"문제는, 네가 이해할는지, 그 사람이 그러고 싶어 해⋯⋯. 마음에 걸린대. 그 사람 원칙에 맞지 않는 일이거든."

그 말도 이해가 안 가요. 아니, 도대체 그 원칙이라는 게 뭔데요?

"나야, 너도 알다시피 아무래도 상관없어. 하지만 그 사람은 아주 독실하거든. 자기는 하느님 앞에 여전히 기혼자라는 거야⋯⋯. 우리 두 사람은 신의 축복을 받지 않았잖니⋯⋯."

기분이 싸해졌어요. 기가 막혔지요. 믿기지 않았어요. 얘기가 왜 그렇게 돼죠, 엄마? 이게 무슨 말인가요? 거기서 하느님이 왜 나와요? 하느님이 무슨 상관이 있어요?

"웃기지도 않네요."

달리 할 말을 찾을 수 없었어요.

엄마는 다시 떠났어요. 겨울을 나려고요.

엄마는 크리스마스 파티를 위해서 잠시 돌아왔어요. 우리가 미리 엄마 집 덧창을 열어놓았어요. 12월의 창백한 햇살이 엄마 방을 덥혀주었지요. 그자비에 아저씨는 연말을 따뜻한 남부에 사는 딸 집에서 보냈어요. 그 후에 엄마는 다시 열차를 탔어요. 크리스마스에 받은 선물은 짐이 되니까 다 여기 두고 갔지요. 엄마는 손녀가 선물한 가느다란 옥팔찌 하나만 손목에 차고 갔어요. 스웨터, 숄, 찻잔, 책 같은 나머지 선물은 엄마가 다시 집에 올 때를 기다리고 있겠지요. 아무튼, 엄마에게 필요한 물건은 거기에도 다 있으니까요.

엄마는 이제 머물지 않는 바람 같은 사람이 되었어요.

3월 초, 엄마에게 작정하고 전화를 했어요. 엄마가 돌아오는 날짜를 적어두지 않았지요. 엄마의 몽토방 체류는 점점 더 길어지고 아저씨와 따로 지내는 기간은 점점 더 짧아져서 나도 엄마가 요즘은 어디서 지내는지 한참 생각해야 알 정도예요. 아직 그 집에 계시나, 아니면 아저씨랑 같이 올라오셨나, 아니면 요즘은 집에서 혼자 지내시나. 나는 무작정 엄마 집 전화번호를 눌러요. 엄마가 집에 없어도 자동으로 연결되게 해놓았을 테니까요. 엄마가 어디에 있든 전화를 직접 받았으면 좋겠다고 속으로 기도해요. 아저씨가 전화받으면 좀 불편하거든요. 솔직히 무슨 말을 주고받아야 할지 모르겠어요. 알맹이도 없는 인사치레, 가령 나는 건강은 괜찮으신지, 그곳 날씨는 어떤지 물어요. 아저씨는 우리 애들 안부를 묻고 나는 아저씨 개가 잘 있는지 물어보죠. 그다음에 아저씨가 엄마를 바꿔준다고 하고,

엄마는 늘 딴 데 가 있는지 큰 소리로 엄마 이름을 부르는 소리가 들려요.

이번에 전화를 받은 사람은 엄마예요. 엄마가 아저씨와 함께 생활하게 된 이후로 나는 예전처럼 전화를 자주 걸지 않아요. 몸이 멀어지면 마음도 멀어지는 건지, 우리 모녀의 대화도 처음부터 매끄럽게 풀리지는 않네요. 우리의 삶을 다시 이어 붙여야 해요. 풀어진 끈을 다시 묶어야 해요. 매번 더 멀어지는 대화를 재개해야 해요. 아무개는 어떻게 지내니? 아무개는 어떻게 됐어? 애들은 학교 잘 다니고? 공부는 좀 하니? 네 남편은 요즘도 그렇게 늦게 들어오니? 엄마는 지난 보름 동안의 주요한 일들을 말해요. 브리지 게임, 다과회, 병원 나들이, 친구들을 초대해서 함께 한 점심 식사, 엄마가 만든 오렌지 케이크, ……

"아, 우리가 D.씨 부부 댁에 다녀왔단다. 알지? 툴루즈 근처에 예쁜 집을 가지고 있는 사람들. 우리가 그쪽에 차를 몰고 갔다가 그자비에가 너무 피곤해해서 그 집에 들러 커피 한잔 마시고 왔어. 우리가 일찍 일어났거든. 집에는 늦게야 도착했단다. 그 이유는……"

맙소사, 엄마, 도대체 언제까지 아무도 궁금해하지 않는 이야기를, 적응도 안 되는 그 느린 말투로, 늘어놓을 건가요? 예전의 엄마는 이러지 않았어요. 예전에는 '우리는'이라는 주어를 이렇게 많이 쓰지도 않았고요, 어디를 갔다, 들렀다, 일어났다, 도착했다, 차례차례 복기하듯이 설명하지도 않았어요. 엄마, 제발 부탁이에요. 나한테 이러지 마세요. 내가 아는 엄마는 이렇지 않다고요. 엄마의 편안하고 자연스러운 화법은 다 어디로 갔어요? 친구 같은 모녀 사이의 대화가 왜 이렇게 됐어요?

나 역시 엄마 앞에서 몸을 사리고 말을 아끼게 돼요. 이제 편하게 말이 안 나와요. 내가 사는 이야기를 해봤자 엄마는 지루해할 것 같아요. 누구한테 좀 설렜다든가 하는 말은 내 마음에만 담아둘래요. 우울하다는 말도 내 마음에만 담아둘 거예요. 우리는 이제 마음을 나누는 사이가 아니에요. 엄마가 너무 멀게 느껴져요. 우리 사이의 물리적 거리만이 그 이유는 아니지요. 그리고 내가 무슨 말을 하고 싶어도 아저씨가 바로 옆에 있을 것 같아 못하겠어요. 아, 아저씨가 엄마 통화를 일부러 들으려 하지는 않겠지요. 하지만 엄마랑 같은 공간 어딘가에 앉아 있겠지요. 아저씨가 옆에 있으면 엄마는 다른 사람이 돼요. 자연스럽게 나오는 대로 말을 하지 않고 표현과 발음을 검열하지요. 문장 하나하나를 생각하고 '우리'라는 주어를 써요. 난 엄마한테 이런 말투도 있는 줄 몰랐네요. 밋밋해져버린 이 대화에는 뭔가 몰개성적인 요소가 있어요. 몇 년 사이에 우리는 단짝 친구에서 뻔한 사교적 관계로 후퇴했나요. 몽토방의 거실에 있는 엄마랑 서로 무슨 속을 털어놓을 수 있겠어요. 웃음도, 분노도 불가능해요. 우리는 중립 지대에서 저마다 이 새로운 틀의 경계를 넘어가지 않으려고 조심하지요.

나는 말을 한 것 같지도 않은 기분으로 전화를 끊었어요. 괴로운 좌절감을 떨쳐버릴 수 없었어요. 내 엄마는 이제 예전 같지 않고 슬픔은 끝이 없네요.

엄마는 변했어요. 아저씨와 가까워지면서 가랑비에 옷 젖듯 예전의 자기 자신에게서 멀어져갔어요. 그놈의 '우리' 타령 때문에 이렇게 말하는 게 아니에요. 아주 사소한 부분들, 어떤 태도나 사고방식 때문에 엄마가 예전 같지 않다고 느껴요. 매번 엄마를 다시 볼 때마다 엄마는 아저씨에게 한층 더 길들어 있어요.

엄마와 아저씨가 서로 떨어져 산 침묵의 세월이 길다 보니 둘이서 나란히 걷는 것이 쉽지 않을 때도 있어요. 어쩌다 엄마가 속을 보여주는 드문 순간에, 나에게 이런 말을 했지요. 울퉁불퉁한 길을 걷다가 신발에 돌 부스러기가 들어간 것처럼 거슬릴 때가 있다고. 가끔은 아저씨를 따라잡기가 힘들어. 아저씨는 엄마보다 잘 걷는 데다가 엄마가 지나가기 힘든 너무 좁은 오솔길로 들어서곤 하거든. 아저씨 가는 대로 따라가다 보면

움푹 파인 곳에 발이 빠지기 일쑤야.

엄마와 아저씨는 20대에도 그랬나요? 엄마는 나한테 늘 아내가 남편을 좋아하는 것보다 남편이 아내를 좋아해야 부부가 잘산다고 했어요. 미셸은 엄마보다 엄격하고 꾸밀 줄 모르는 아내였던 것 같아요. 하지만 그런 분이 군기가 몸에 밴 남자의 마음을 어떻게 녹였을까요? 당시에 아저씨는 군인이었잖아요. 엄마와 아저씨가 그 시절에 다시 만났으면 어땠을까요? 엄마가 군인의 아내로 사는 모습은 상상이 안 가요. 시간이 참 좋은 일을 해준 셈이에요. 아저씨는 자신의 딱딱함에 적응할 준비가 되어 있는 여자와 짝이 됐고, 엄마는 엄마 마음대로 해도 다 받아주는 남자와 짝이 됐으니 말이에요. 재회의 시간이 왔을 때 군인은 벌써 옛날 얘기였지요. 엄마가 다시 만난 남자는 은행에서 오래 일하고 퇴직했어요. 군복과는 진즉에 이별하고 말이에요. 비록 아저씨의 생각이나 모습은 여전히 좀 뻣뻣하고 경직되어 있지만 엄마가 아저씨의 생각에 웃어도 기분 나빠하지 않고 자신의 엄격함을 내려놓고 엄마 기분에 맞춰줄 줄 알아요. 아저씨는 점점 더 엄마에게 마음이 기울고 엄마도 그건 마찬가지지요. 엄마는 예전보다 멋을 부려 말하고, 예의와 절차를 따지고, 요즘도 통할까 싶은 옛날의 가치관을 되새겨요. 엄마는 아저씨를 따라 옛날로 합류했어요. 아마 엄마보다는 아저씨가 더 그 옛날에서 떨어져 나오기가 힘들 거예요. 여전히 엄마는 곧잘 아저씨 뜻에 반대하고, 그럴 때 아저씨는 웃으면서 항복해요. 아저씨가 등을 구부려 다정하게 뽀뽀할 때, 그 몸짓 속에 두 분이 지난 5년간 서로를 향해 걸어왔던 길이 보여요. 그 길에서 엄마와 아저씨는 서로 부딪히며 미세한 찰과상과 몇 군데 상처를 입기도 했지만 결코 서로 맞잡은 손을 놓지 않았어요.

비록 두 분의 금슬이 좋아질수록 나는 엄마를 더욱더 잃은 기분이 들지만 내가 엄마 손을 잡으면 그 손을 꼭 잡고 있는 아저씨의 손도 함께 잡는 셈이라는 것을 나는 알아요.

엄마는 별일 아니라는 듯 가볍게 그냥 전화로 말했어요. 갑자기 뚝 떨어진 기온과 아무개 집에서 한 브리지 게임 이야기를 하다가 툭 그 이야기를 꺼냈지요. 엄마는 몽토방에서 이제 막 돌아와 있었어요. 지난주 금요일에, 그곳에서 일을 치르고요.

"결국은 간소하게 했단다. 음, 전에 얼핏 말한 적 있지……, 신부님께…… 축복을……."

축복?

엄마는 불편해하며 횡설수설했어요. "극비로" 어떤 신부님이 "특별히 봐주셔서" "남들의 눈이 미치지 않는 때를 틈타" "두 사람의 결합을 축복해주시기로" 했다고요. 비밀에 부쳐야 하는 이유는 물론 교회법으로 금지된 경우이기 때문에…….

금지라니요? 뭐가 금지됐는데요? 나는 이해할 수 없었어요.

"응, 그게, 실은 결혼 같은 거라서……. 우리는 서류상 혼인

관계가 아니기 때문에 교회에서 결혼이 불가능하거든……."

결혼? 엄마, 아저씨랑 결혼했어요?

"아냐, 그냥 신부님의 축복을 받은 거야. 뭐, 그래도 결혼이라고 하면 결혼인데……."

엄마는 점점 더 난처해하면서 만약 그 신부님이 해준 일이 교회 윗선에 알려지면 큰 곤욕을 치르게 될 거라고 했지요. 그래서 어느 수도원 지하 예배당에서 "비밀리에 집전을 했고" 엄마와 아저씨는 아무에게도 그 일을 말하면 안 된다나요.

나는 기가 막혔어요. 여든 살 넘은 아저씨가 엄마와 죄책감 없이 한 침대를 쓰게 하려고 그렇게까지 하다니요.

"알잖니, 나는 아무래도 상관없었어. 그 사람을 기쁘게 하기 위해서 한 일이야……." 엄마는 그렇게 덧붙였어요.

나는 엄마가 어설프게 늘어놓은 말을 굳이 이해하려 애쓰지 않았어요. 까놓고 말해, 그게 뭐가 중요해요? 나 역시 아무래도 상관없어요. 그래서 "네, 알았어요"라고 말하고 다른 이야기로 넘어갔어요.

나는 금세 잊었어요. 오빠들한테는 아예 얘기도 꺼내지 않았고요.

하루는 엄마가 약간 얼버무리듯이 말했어요. "주말에 너희가 랑드에 오고 싶으면 와도 돼"라고요. 그냥 한번 해보는 말인지 진지하게 받아들여야 하는 초대인지 모르겠더라고요. 그러니까 엄마는 5월 중순에 페이로 내려갈 때부터 그런 생각을 품고 있었던 거예요. 우리는 다음번 성령 강림 대축일이 긴 주말에 엄마를 보러 갈 수 있을 거예요. 오스고르도 한 바퀴 둘러보면 아이들도 습하고 눅눅한 파리를 떠나 바닷바람을 쐴 수 있겠지요. 나는 엄마에게도 그게 좋을 거라 생각했어요. 페이는 몽토방과 다르거든요. 페이에는 아는 사람도 없고 집이 너무 외진 데 있어요. 엄마가 거기는 좀 지루하다고 말하곤 했지요. 우리가 내려가면 단조로운 일상에 기분 전환이 되겠지요. 그래서 우리는 6월 10일 토요일에 내려가 사흘을 엄마와 함께 지내기로 했어요.

점심 때까지는 거기 도착해서 첫날 오후를 그곳에서 지내려고 새벽 열차를 탔어요. 닥스 역에 내렸더니 아저씨가 플랫폼에서 기다리고 있었어요. 거기서 30킬로미터를 더 가야 엄마를 만날 수 있지요.

우리는 낡은 푸조 스테이션 왜건에 올랐어요. 오랜 세월 세르피코를 태우고 다녔을 자동차에는 앞좌석과 뒷좌석을 분리하는 그물이 보였고 갈색 담배 특유의 냄새가 살짝 섞인 개 냄새가 많이 났어요. 창문을 열고 달려서 다행이었어요. 차 안이 엄청 뜨거웠는데 에어컨이 없었거든요. 뒷좌석에 앉아 첫째는 오른쪽에 앉힌 다음 안전벨트를 채우고 아기는 품에 안고 가는데 멀미가 좀 났어요. 아저씨는 신이 난 것 같았어요. 우리가 와서 기분이 좋은지 잠시도 말을 멈추지 않고 소나무 숲 사이로 빠르게 차를 몰면서도 연신 뒤에 앉은 아이들을 돌아보았지요. 나는 안심이 되지 않아 정면을 똑바로 바라보았어요. 시선의 힘으로 혹시 모를 사고를 막기라도 할 수 있을 것처럼요. 닥스와 생주르드마렌을 연결하는, 아저씨 말로는 "특별히 위험한" 사차선 도로를 달릴 때는 눈앞에 나타나는 모든 표지판을 읽는 데 주의를 집중했어요. 바욘, 생뱅상드티로스, 에스코른베우를 차례를 읽으면서 페이라는 표지판이 나오기를 기다렸지요.

아두르를 지나고 나서 드디어 페이라고 쓰여진 표지판이 보였어요. 우리는 가까워지고 있어요. 엄마가 집에서 여기까지 운전을 해서 온다면 그 거리만 해도 400킬로미터 이상이고 그 중간에 퓌드돔의 눈 덮인 도로도 지나야 할 테지요. 그 생각을 하니 내가 다 식은땀이 나더군요.

랑드의 시골 들판, 마을과 떨어진 곳에 하얀색 집이 있었어요. 정원에는 햇살이 내리쬐고 있었지요. 엄마는 점심을 준비하느라 바빠서 그자비에 아저씨가 우리에게 방을 안내해주고 부족한 물품이 없는지 봐줬어요. 처음으로 아저씨가 편하게 느끼는 집과 정원에서 아저씨의 개와 함께 있는 모습을 봤어요. 그모든 게 아저씨에게 잘 어울렸어요.

나는 주방으로 내려갔어요. 엄마가 아직도 익숙지 않은 주방에서 접시, 샐러드 볼, 기름, 소금, 깨끗한 행주를 찾느라 이리저리 돌아다니고 짜증을 내고 조급해하는 모습을 보는 것도 재미있더라고요. 솔직히 뭔가 좀 어수선하게 널려 있긴 했어요. 아저씨의 정리 감각은 엄마와 다를 수도 있지요. 엄마는 우리에게 오는 길은 괜찮았는지, 힘들지는 않았는지, 아이들이 지루해하지 않았는지 물었어요. 그리고 미리 말해두었어요. 점심은 간단히 먹을 거라고. "알다시피 여긴 뭐가 없어. 장을 보러 가려고 해도 차를 타고 한참 나가야 해서……" 게다가 6월 초인데도 너무 더워서 엄마는 이미 진이 빠졌고 녹초가 됐어요. 실제로 엄마 표정이 언짢아 보이고 평소보다 초췌해 보였어요. 네 시간이나 기차를 타고 오느라 좀이 쑤셨던 아이들은 사방으로 뛰고 아무거나 만지고 소리 지르고 배고프다, 마실 것 좀 없냐……. 엄마는 좀 무뚝뚝하게 아이들에게 나가서 놀라고 했어요. 나는 앞으로 엄마랑 사흘을 지낸다는 게 과연 좋은 생각일까 싶었어요.

우리가 들이닥치자 랑드의 일상이 깨졌어요. 이곳의 생활 습관은 엄마 집에서와는 다르지요. 랑드가 아니라 몽토방에서라면 우리는 훨씬 좋은 대접을 받았을 거예요. 엄마는 소형 카트를 끌고 장을 보러 갈 수 있었을 테고 빵, 우유, 아이들이 좋아하는 초콜릿, 우리에게 내놓을 식전주도 사 올 수 있었을 테지요. 손님을 따뜻하게 맞이하는 데 필요한 모든 것을 준비하기가 훨씬 수월했을 거예요.

현실은, 우리가 도착한 이후로 아무도 우리에게 마실 것을 권하지 않았다는 거예요. 시원한 물 한 잔 마시지 못했어요. 나는 일손을 좀 거들까 싶어 정원 탁자에 상을 차렸어요. 엄마를 돕고 싶었지만 접시, 나이프와 포크, 잔, 냅킨 따위가 어디 있는지 하나하나 물어보아야 했어요……. 나는 서툴러빠진 사람, 무엇보다 엄마에게 짐이 되는 사람처럼 느껴졌어요. 엄마가 산후조리를 도와주러 파리 우리 집에 왔을 때, 나는 바빠 죽겠는데 엄마는 우물쭈물 속 터지게 굴던 때가 생각났어요. 지금 내가 꼭 그 꼴이네요. 쓸모없고, 어설프고, 스스로 일을 찾아 할 줄 모르는 사람. 엄마는 내가 여기 온 것만으로도 기쁠까, 잘 모르겠어요. 어쩌면 엄마도 2년 전 내가 그랬던 것처럼 우리가 떠나면 안도감이 들겠다 싶었어요.

　점심은 냉동 생선살 커틀릿과 감자, 샐러드, 딸기를 먹었어요. 그제야 긴장이 좀 풀렸어요. 아저씨는 대화를 기분 좋게 이끌었어요. 그 집에 얽힌 이야기라든가 그 고장에 대한 아저씨의 애착을 알게 됐어요. 엄마는 간간이 대화에 끼어들어 동의를 표하거나 반박을 했고요. 후식을 먹을 때 엄마는 그늘로 가자고 했어요. 너무 덥고 햇빛이 강해서 눈이 부시다고 불평을 하면서요. 엄마 태도가 이상해요. 음, 그 집과 점심 대접이 너무 초라하다고 생각해서일까요, 여행에 지친 우리를 따뜻하게 맞이하지 않았다는 걸 의식해서였을까요. 우리가 다른 걸 기대했으리라는 생각에 짜증이 났을까요. 엄마의 불편함이 엄마 집이 아닌 이 집에서 우리가 느끼는 불편함에 가중되었어요. 사실, 엄마는 여기가 집처럼 편하지 않아요. 이 집의 모든 것이 예전의 시간, 엄마와 아저씨가 서로에게 추억에 지나지 않았던 시간을 환기해요. 거실에 걸려 있는 사진들이 엄마와 무관한 인생, 아저씨의 행복했던 첫 번째 인생을 보여주지요. 아주 멀지 않은 곳에 생사튀르냉 교회가 있어요. 아저씨의 아내 미셸의 장례 미사를 치른 곳이지요. 그 교회에 작은 묘지가 있어요. 아저씨는 엄마를 그 묘지에, 엄마 이전에 인생을 함께했던 여자의 무덤 앞에 데려갔어요. 언젠가 아저씨도 그곳에 묻히겠지요. 엄마는 엄마 집에서 40킬로미터 떨어진 곳에 시댁 식구들과 함께 묻힐 거예요. 엄마가 싫어하는 그 가족 묘소에서 아빠 위쪽 자리에 안치되겠지요. 엄마와 아저씨는 영원히 자기 묫자리를 떠나지 못할 거예요.

오후 시간은 햇볕 아래 낮잠과 독서로 보냈어요. 시간은 길게 늘어지고 권태를 닮은 무기력이 나를 감쌌어요. 남편과 아이들은 개를 데리고 산책을 나갔고 나는 엄마 곁에 남았어요. 우리가 다시 친해지기를, 속을 터놓고 얘기 나누기를 바랐어요. 하지만 엄마는 벌써 눈이 감기고 책이 엄마 무릎으로 떨어지는가 싶더니 잠들어버렸지요. 나도 스르르 졸음이 밀려왔어요. 그냥 망각에 빠지고 싶었어요. 엄마 곁에 있으려고 프랑스 땅을 가로질러 왔건만 여전히 엄마가 멀게만 느껴지는 슬픔을 잠재우고 싶었어요. 나는 하루가 저물고 공기가 선선해지기를, 유쾌한 저녁 시간을 기다렸어요.

저녁에도 아무 일도 일어나지 않았어요. 내가 애들 저녁을 먹이는 동안 엄마는 여전히 부엌일로 바빴어요. 내가 식전주를 마시자고 했지만 엄마는 아무것도 없다고, 아저씨와 엄마는 평소 저녁을 일찍 먹는데 오늘은 벌써 많이 늦은 거라고 했어요. 엄마는 저녁 전에 뮈스카나 마티니 한 잔을 그렇게나 즐기는 사람인데……. 내가 이 말을 했더니 엄마는 손사래를 쳤지요. "식전주 없어도 얼마든지 즐겁게 살 수 있단다." 엄마는 나를 힐책하듯이 이 말을 뱉었어요. 저녁도 메뉴가 소박했고 마실 거리는 수돗물이었어요. 별일 없는 저녁, 우리의 재회는 조금도 흥겹지 않았어요. 포도주도 없는 저녁은 왠지 서글펐어요.

금욕적인 식사, 내 착각인지는 모르지만 신경을 덜 쓴 듯한 대접에 옛날이 그리워졌어요. 그래서 나는 내가 가장 잘하는 일을 했어요. 과거를 돌아보기. 아저씨가 없고 엄마가 외롭지도 않았던 시절로 돌아가기. 아빠는 손님을 맞이하는 감각이 달랐어요. "위스키? 마티니? 포트와인? 티 펀치?" 아빠는 손님이 숨을 돌리기도 전에 윙크까지 하면서 술을 권했고 이내 술병과 잔이 부딪치는 버들가지 바구니를 들고 왔지요.

이튿날, 엄마는 기분이 영 좋지 않았어요. 아침 식사를 하러 내려갔더니 엄마는 대꾸도 할까 말까였지요. 나에게 뭐 원하는 거라도 있나요? 그게 뭐지요? 내가 너무 늦게 일어났나요? 내가 물었더니 엄마는 괜찮다고 "아무것도 아니야"라고 했어요.

그래서 나도 아무 말 안 했어요. 엄마를 이해하기 위해 이것저것 물어볼 때가 아니었어요. 딱 보기에도 컨디션이 안 좋은 얼굴, 잠을 완전히 설친 얼굴이었어요.

우리는 엄마의 찌뿌둥한 기분을 다 받아냈어요. 엄마는 아저씨에게도 좀 짜증을 내는 듯 보였지요. 아저씨가 서툴게 굴면 엄마는 참을성 없이 반응했고 응석받이 어린애처럼 아저씨의 헌신을 받아들였어요. 아저씨는 오히려 재미있어하는 것 같았지만 엄마의 타박은 계속됐어요. 아저씨는 성질 한 번 안 내고 엄마의 마음을 가라앉히고 엄마의 비위를 맞춰주고 엄마의 바람을 미리 알아차리려고 노력했지요. 엄마의 희한한 태도를 저렇게 친절하게 받아주다니 아저씨가 엄마를 진짜 좋아하긴 하나 봐요. 엄마를 이해할 수 없어요. 아저씨가 엄마 눈에 박아놓은 그 별들은 다 어디 갔나요? 엄마의 그 눈빛에 나까지 감동했는데, 왜 이렇게 쌀쌀맞아졌어요?

나는 금세 내 집도 아니고 엄마 집도 아닌 그곳의 긴장된 분위기에 숨이 막혔어요. 바깥은 너무 뜨겁고 안은 꽉 막혀 있고, 뭔지 모를 무엇이 나를 짓누르고 바짝바짝 마르게 했어요. 나는 어디서도 마음이 편하지 않았고 뭘 어떻게 해야 할지 모르겠더라고요. 할 일이 하나도 없었어요. 그렇지만 엄마가 말해둔 게 있었지요. 나는 엄마와 아저씨가 우리를 즐겁게 해주려고 동분서주하는 것도, 관광 일정을 잡아주는 것도 바라지 않았어요. 내가 여기 관광하러 왔나요, 해변에서 일광욕이나 하러 왔나요. 오로지 엄마를 보러 온 거예요. 그런데 여기 도착한 후로 내가 아무리 엄마와의 시간을 가져보려고 해도 소용이 없어요. 오늘의 엄마는 어제의 엄마보다 더 멀게 느껴져요. 엄마는 어디에 있나요?

아저씨는 우리에게 차를 빌려줄 테니 엄마를 모시고 오스고르에 다녀오라고 했어요. 엄마는 내키지 않아 했어요. 그냥 덱체어에 앉아 파올로 벙거지 모자를 쓴 채 책이나 읽고 싶어 했지요. 그 모자를 보면 우리가 마지막으로 함께 한 브르타뉴 여행이 생각나요. 그때만 해도 엄마는 나에게 할 말이 너무 많고 오랜만의 연애에 부풀어 있었지요. 안타깝지만 할 수 없지요. 엄마 없이 바다를 보러 가진 않을 거예요.

점심을 먹고 아저씨는 우리가 의기소침해 있는 걸 눈치챘는지 남편과 아이들을 데리고 마을 구경을 시켜준다고 나갔어요. 엄마와 나만 집에 남았지요. 나는 다시 엄마에게 갔어요. 엄마를 도와 주방을 정리하고 테라스를 빗자루로 쓸었어요. 그러고 나서 함께 찻물을 끓이고, 찻잔과 컵 받침을 꺼내고, 녹슨 양철 상자에서 비스킷을 몇 개 꺼냈어요. 우리는 햇볕 아래 앉아 다른 식구들이 돌아오기를 기다렸어요. 엄마는 뜨개질감과 책을 꺼냈어요. 우리 사이의 침묵이 짙어졌어요. 왁스 냄새가 우리를 분리하는 동시에 이어주네요.

식구들은 조금 있다가 차를 마시러 들어왔어요. 이웃 농가에 들러서 푸아그라를 사 왔더군요. 거기 잠시 머무는 동안 아저씨가 말을 하고 싶었던 모양이에요. 거기서, 오리 간과 쿠 파르시 병조림 사이에서 아저씨가 남편에게 물어보더래요.

"내가 장모님과 결혼한 건 알고 있지요?"

나는 기가 막혀 입을 다물지 못했어요. 무슨 말인지 이해하지 못한 채 나를 바라보며 묻는 아이에게 뭐라고 대답해야 할지 모르겠더라고요. "할머니 결혼했어요?"

이제 내가 뭘 해요? 소리 질러요? 신경 발작이라도 일으켜요? 한바탕 난리를 쳐요? 확 꺼져버릴까요?

아저씨는 왜 그런 소리를 했는데요? 또 누구에게 그 "희소식"을 알렸는데요? 엄마는 이 일을 어떻게 생각하는데요? 엄마도 동의한 거예요? 엄마도 재혼했다는 말을 흘리고 다녀요? 엄마 자식들에게는 상의도 안 했으면서 다른 사람한테는 말했나요?

나는 아무런 반응도 하지 않았어요. 완강한 침묵 속에 틀어박혔어요. 아무 말이나 하는 아저씨가 원망스러웠어요. 하지만 그걸 아무 말이라고 할 수 있을까요? 그러니까 나는 아저씨보다 나에게 아무 말 하지 않은 엄마가 원망스러웠던 거예요. 진즉부터 엄마의 소원한 태도, 비밀 만들기, 침묵을 원망하고 있었지만요.

신경이 곤두설 대로 곤두섰어요. 빨리 가버리고 싶은 마음밖에 없었어요. 나는 집에 가고 싶었어요. 출발을 몇 시간 앞두고 마지막으로 식사를 함께 한 점심 자리, 내가 어설프게 내뱉은 말에 엄마는 과민 반응했어요. 엄마는 폭발해서는 우리에게 대놓고 퍼부었어요.

"나 하고 싶은 대로 하고 살 거야! 내 인생이니까. 나는 평생 해야 하는 일만 하고 살았어. 내 의무를 다한 지금, 드디어 나를 위해 살 수 있게 됐어! 너희가 기분 나빠도 할 수 없다! 나도 행복할 권리가 있어!"

그러고는 울음을 터뜨렸지요.

나는 어이없고 가슴이 찢어져서 엄마를 바라보았어요. 아저씨도 우리만큼 어쩔 줄을 몰라 했어요. 엄마, 무슨 일이 있었던 거예요? 아저씨는 알아요? 엄마를 울리는 이 고통, 우리는 모르는 이 고통을? 엄마의 눈물 어린 눈에서 보이는 건 이제 별이 아니라 분노의 섬광이에요. 더는 속에 담아둘 수 없는 분노가 느껴진다고요. 불현듯 내 앞에 엄마가 아니라 소녀가 보여요. 풍부한 감정, 어색한 웃음, 몽상과 불안으로 내 마음을 움직였던 엄마의 소녀다운 면을 말하는 게 아니에요. 의무를 거부하고 권리만 요구하면서 난리 피우는 어린애가 됐다고요. 엄마는 자기 한 몸만 생각하고 뒤늦게나마 자기 행복을 찾을 권리를 요구하고 있었어요. 그리고 그 행복에 우리가 포함되지 않는 건 분명했지요. 엄마는 심지어 과거를 "만회해야 할 세월"이라고까지 했어요…….

엄마, 우리랑 살면서 그렇게 불행했어요? 아빠랑 사는 게 그렇게 싫었어요? 예전의 삶이 그렇게 끔찍했어요? 엄마 자식들인 우리를, 아빠와 우리 집을 돌보는 삶이 그토록 지긋지긋했나요? 엄마에게 우리는 감당해야 할 의무였을 뿐인가요? 엄마의 의무, 아내의 의무? 엄마가 내 앞에서 어떻게 그런 말을 할 수 있어요?

엄마는 몇 마디 말로 아빠를 길고 지겨운 괄호로 전락시켰어요. 엄마, 그 괄호가 내게는 행복했던 삶 전부였어요.

엄마는 우리가 떠나고도 일주일 더 거기서 지냈어요.

나는 전화하지 않았어요. 엄마도 전화하지 않았고요.

이제 엄마와 내가 어떤 사이인지도 잘 모르겠어요.

이해하려고 노력은 했어요.

엄마는 더위를 싫어하는데 그때 참 덥기는 숨이 막힐 정도로 더웠지요.

그리고 그 집도 엄마한테 편하고 좋은 장소는 아니었어요. 그자비에 아저씨도 그 집에서 지낼 때는 정원과 집에 마음을 쓰느라 엄마에게 좀 소홀했을지 몰라요.

그리고 우리도 엄마에게는 다소 부담스러웠을 거예요. 무엇보다, 엄마를 독차지하고 싶어 하는 내가 부담스러웠겠지요. 나의 침묵 너머 비난이 엄마를 아프게 했을 거예요. 엄마는 번지수를 잘못 짚었어요. 나는 엄마가 너무 변덕스럽고 어린애 같이 굴어서 기가 막혔던 거예요. 엄마가 아저씨랑 어떤 식으로 함께하든 난 상관없어요. 엄마는 내가 엄마를 함부로 판단한다고 생각했나요?

하지만 다른 이유도 있었어요.

내가 모르는 이유, 엄마가 나에게 말하지 않고 속에만 간직한 이유. 어떤 고통. 엄마는 나 때문에 울었던 게 아니었어요. 그저 분노에서 북받친 눈물은 아니었어요.

뭔가 잘못됐어요.

엄마가 나에게 말하고 싶어 하지 않는 무언가가 있어요. 그래서 나에게 거리를 두었던 거예요. 처음에는 소원하게, 나중에는 약간 없는 사람 대하듯 했지요. 그러다 폭발한 거예요.

나에게 그토록 아픔을 주었던 말, 지금도 새삼 아픈 그 말 너머에 엄마가 말할 수 없는, 내게 말하고 싶지 않은 것들이 있어요. 나는 그것들을 짐작해보려고 노력하는 중이에요.

그러니까 엄마가 결혼을 했다는 거죠.

'결혼.'

집에 돌아온 후로 그 단어가 뇌리에서 떠나지 않아요. 서류
상으로는 합치지 않은 종교적 결혼. 결혼으로 치지 않는 결혼.
존재하지 않는 결혼.

엄마 말이 기억났어요. "뭐, 그래도 결혼이라고 하면 결혼인
데……." 나는 '결혼'이라는 단어를 뒤덮고 감추는 말들만 기억
하고 싶었던 걸까요. 엄마는 그 후로 두 번 다시 그 얘기를 꺼
내지 않았지요. 우리는 아무것도 축하하지 않았어요. 엄마가
그 말을 했을 때 나는 기뻐하지 않았고 아무런 감정도 드러내
지 않았어요. 엄마의 말을 못 들은 것처럼, 아무 일도 없었던
것처럼 굴었지요. 나는 아저씨를, 엄마가 오랜만에 다시 만난
친구, 옛날에 좋아했던 남자, 그리고 자초지종을 내가 다 들은

지금은 애인이라고 생각해요.

나는 이 지점을 다시 생각해보려 애써요. 엄마는 진짜 아무래도 괜찮았을까요? 정말로 아저씨 마음을 편하게 해주려고 신부님의 축복을 청했을까요?

페이에서 엄마는 아저씨와 우리 사이에 끼어 있었어요. 결혼 소식을 알리는 아저씨와 함께 기뻐하고 싶은 마음과 그 "간소하게 치른 일"에 대해 우리에게 제대로 말할 수 없었던 난처함 사이에서 안정을 잃고 만 거예요. 아니, 어쩌면 내가 제대로 들을 줄 몰랐던 게지요. 아저씨는 자랑스럽고 행복한 마음을 숨기지 못했지만 엄마가 난처해하니까 입을 다물었어요. 엄마가 어떻게 두 사람의 결합 소식과 엄마의 은밀한 상처에서 비롯된 침묵을 조화시키겠어요? 우리가 그 종교적 결합에 철저히 무관심했기 때문에, 더 궁금해하지도 않았기 때문에 엄마의 상처는 벌어진 채로 결코 아물지 못했을 거예요.

그 단어를 되뇌어봐요. '결혼.' 그 단어가 왜 그렇게까지 나한테 거슬렸을까요? 왜 아저씨를 엄마 애인으로는 받아들였으면서 엄마 남편으로는 인정하지 못했을까요? 결국, 달라질 것도 없잖아요? 아무것도. 두 분이 더 많은 시간을 함께하는 것도 아니고 서류상으로도 그대로인데. 엄마가 아저씨 성을 따라가는 것도 아니잖아요?

엄마가 그 얘기를 할 때의 태도 때문에? 엄마가 불편해서? 하지만 그 불편함은 나 때문이었을지도? 엄마가 별로 중요하지 않은 일 말하듯 얼버무렸던 게 내가 상처받을까 봐 저어하는 마음 때문이었다면? 엄마는 내가 아빠와 정이 깊고 아빠가 돌아가셨을 때 하늘이 무너진 것처럼 슬퍼했다는 걸 알아요. 세월이 흘렀지만 그리움이 상쇄되기는커녕 마음속의 구멍은 커져만 가요. 추억이 멀어질수록 필사적으로 따라잡게 돼요. 이미지를 더욱더 미화하고, 연결을 다시 만들어내고, 후회와 회한에 비추어 과거를 다시 써요. 이제 돌아가신 진짜 아빠보다 8년의 부재와 침묵이 빚어낸 아빠가 더 그리운지도 모르겠어요.

남편과 애인을 다 가질 수는 있어요. 남편이 있어도 애인이 생길 수 있지요. 하지만 남편이 둘 있을 수는 없어요. 남편 하나는 없어야 해요. 엄마는 남편이 있었고 5년 전부터 애인도 있어요. 아빠와 그자비에 아저씨는 그런 식으로 공존할 수 있었어요. 나도 그렇게 생각했을 때는 그 예기치 않은 등장이 기뻤고 아저씨가 엄마를 사랑해주기만 바랐어요. 엄마가 어느 순간 잃어버린 삶의 낙을 아저씨가 되찾아주기를 바랐어요.

지난 5년간 나는 뭐든지 받아들였어요. 두 분이 점점 더 자주 같이 지내도, 엄마가 점점 더 나에게 소원해져도, 아저씨가 점점 더 자주 우리 집에서 지내도 참았어요. 아저씨의 스웨터와 양말이 엄마 방 서랍에 들어 있어도, 아저씨의 셔츠와 웃옷이 엄마 욕실 옷방에 걸려 있어도, 아저씨의 면도기가 엄마 세면대에서 보이고, 예전에 아빠의 모로코산 슬리퍼가 놓여 있던 침대 왼쪽 카펫 위에 아저씨 슬리퍼가 보여도 참았어요. 감각의 각성, 늘그막의 욕망, 구리 침대의 복귀, 불규칙적 동거를 받아들였어요. 엄마의 냉정한 태도, 무관심, 애교 섞인 말투, 변덕, 사생활 이야기, 옷장 속의 새 옷과 새 속옷도 참았어요. 그런 건 다 참을 수 있었어요. 그자비에 아저씨가 그저 아빠의 부수적인 존재일 때는 다 참을 수 있었어요.

아저씨가 아빠 자리를 빼앗지 않는 선에서 말이에요.

아저씨가 엄마의 남편이 된다면 아빠는 더는 엄마의 남편이 아니에요.

엄마 쪽에서도 친구분들에게 "축복"을 털어놓기 시작했어요. 그 결혼 소식이 차츰 퍼졌어요. 점점 더 넓은 범위에 속한 사람들이 나에게 "새아버지"와 엄마의 "새 남편"에 대해서 묻기 시작했어요. 그때마다 나는 지치지도 않고 정정했어요. 아뇨, 어머니가 재혼을 하신 건 아니에요. 아뇨, 그자비에 씨는 제 새아버지가 아니에요. 아니에요, 변한 건 없어요. 그냥, 이제 하느님의 허락을 받았을 뿐이에요. 어머니의 남편은, 영원히, 제 아버지 한 분뿐이에요.

나는 오빠들이 이 일을 어떻게 받아들일까도 궁금했어요. 엄마가 나한테도 차마 하기 어려웠던 말을 오빠들에게 어떻게 했는지 모르겠어요. 오빠들에게는 표현을 달리 썼겠지요. 아마 그냥 '결혼'이라고 했을 거예요. 오빠들이 과연 아저씨를 엄마의 새 남편으로 인정할지, 새아버지 대접을 할지 모르겠네요. 나와 오빠들은 자주 볼 일이 없어요. 원래도 대화가 없고, 이런 문제로 얘기를 나눈다는 건 상상도 안 가요. 어쩌면 오빠들은 내가 그런 얘기를 하기 싫어하는 것도 이해할 거예요. 아니면, 엄마가 오빠들에게 나는 못마땅해하더라고 미리 언질을 주었을지도 모르지요. 오빠들은 분명히 내가 유난 떤다고 생각할 거예요.

엄마는 이 새로운 단계에 쐐기를 박는 행동을 했어요. 남양 삼나무를 뽑게 한 거예요. 그들의 톱이 그 연약한 나무 몸통을 베었어요. 그건 아빠의 나무였어요. 테니스 코트 옆에 아빠가 직접 심은 나무였지요. 몇 년 전부터 그 나무가 불에 탄 것처럼 이상하게 벌게지긴 했지요. 그 나무는 사실 이미 죽었을 테고, 굳이 남겨야 할 이유가 없긴 했어요. 그렇다고 해서 그 나무를 뽑아야 할 이유도 없었어요. 내가 뽑지 말라고 엄마에게 말했잖아요. 그리고, 엄마도 알잖아요, 나는 늘 없어진 것들의 빈자리를 받아들이기 힘들어한다는 것을요.

차고에 쌓여 있던 낡은 《파리마치》만 해도 그래요. 아빠는 1950년대부터 그 신문을 모아두었지요. 《주르 드 프랑스》와 《릴뤼스트라시옹》도요. 아빠는 그게 언젠가는 돈이 될 거라고 했어요. 엄마는 아빠가 돌아가시고 나서 처음 맞이한 여름에 오래된 신문 더미를 죄다 불태웠어요. 엄마는 나에게 말했어요. "네 오빠들이랑 정리를 좀 했단다." 정리……. 나는 아빠 책상 서랍에 들어 있던 오래된 다이어리를 '간발의 차로' 건질 수 있었어요. 처음 심근경색이 왔던 12월 초 날짜가 꼼꼼하게 표시되어 있었어요. 그리고 8주 후, 2월의 어느 날에 작은 십자 표시가 있었지요. 그리고 다시 8주 후부터는 매일 표시가 있었어요. 그 불길한 카운트다운은 아빠가 뭔가를 짐작하고 기다렸다는 표시일까요……. 아빠는 매년 할아버지가 심근경색을 일으킨 날, 그로부터 8주 후 할아버지가 돌아가신 날에 동그라미 표시를 하곤 했지요. 자신의 삶과 자기 아버지의 삶을 비춰보는 괴상한 거울 놀이랄까요. 할아버지는 예순세 살에 돌아가셨어요. 아빠는 일흔세 살에, 10년의 차이가 있긴 하지만 거의 같은 날 돌아가셨고요. 아빠가 돌아가셨다는 말을 듣고 내가 맨 처음 한 생각이 아빠가 그래도 평균 수명은 사셨구나, 라는 거였어요. 라디오에서 프랑스 남성의 평균 수명이 일흔세 살이라고 들었거든요. 누가 규칙 준수밖에 모르는 아빠 아니랄까 봐서요.

폐지 바구니에 들어 있던 다이어리들도 챙겼어요. 날씨, 감기, 경련 발작 따위가 기록되어 있었어요……. 아빠는 자주 다이어리를 참고하고 날짜를 확인했어요. "그래, 작년 4월 6일에는 눈이 왔구나⋯⋯." 혹은, "작년 12월 28일에는 내가 간경련을 일으켰구나." 엄마와 오빠들은 어떻게 아빠의 마지막 다이어리도 거기 버릴 수 있었나요? 아빠가 적어두기만 하고 갈 수 없었던 약속들의 추억을 어떻게 버려요? 마지막으로 그 수첩들을 보았을 때는 아빠 책상 서랍 속에 있었어요. 내가 가져갈까라는 생각을 했지만 나에게 그럴 권리가 없는 것 같았어요. 아빠 인생이 나만의 것은 아니었으니까요. 아빠 자식이 셋인데 내가 독점할 수 없다고 생각했어요. 아니, 엄마까지 우리 넷 모두의 것이었어요.

나는 아빠의 냅킨 고리를 챙겼어요. 도금이 다 벗겨졌지만 상관없었어요. 시계도 엄마는 이웃집 농가 아저씨에게 아빠를 추억할 물건으로 주겠다고 했지만 내가 가져왔어요.

"이기적인 사람이네요!"

곧바로 그날의 점심 식사를 후회했어요. 무슨 영화를 보겠다고 이 사람에게 모든 일을 털어놓았을까? 나를 잘 알지도 못하는 사람에게 저밖에 모르는 어린 계집애 취급을 받으려고? 그래요, 또 심리상담사를 찾아갔어요! 이번에는 남자 상담사예요. 이 사람은 아무것도 몰라요. 나의 괴로움을 전혀 모른다고요. 나는 벌떡 일어나 그 자리를 박차고 나가고 싶었어요. 살구를 곁들인 스테이크를 먹는 그 남자를 내팽개쳐버리고요. 자기가 뭔데 나를 판단해요? 이기적이라니! 이런 말을 또 듣다니? 나는 엄마 세계의 중심이었어요. 하지만 50년 전에 엄마를 버렸다는 한 남자가 돌아온 것만으로도 그 중심에서 밀려나기에는 충분했지요.

"당신 어머니가 살면 얼마나 사시겠어요. 당신 어머니는 지금 당장 행복할 권리가 있습니다!"

사람은 사실 자기 자신을 결코 알 수 없나 봐요. 나는 내가 자유로운 요즘 사람이고 오빠들보다 훨씬 포용력이 있는 편이라고 생각했어요. 그런데 지금의 나는 고집불통이에요. 혼자된 아버지나 어머니의 재혼을 끝내 거부하는 딸들을 우습다고 생각했던 나, 그런 친구들에게 무슨 심리상담사라도 되는 양 부모님이 행복하시면 우리는 그걸로 충분한 거라고 설명했던 나였는데 이제 보니 내가 더 구제 불능이네요. 나는 왜 엄마의 행복을 받아들이지 못할까요? 하지만 엄마가 자주 말했잖아요. 아빠를 결코 잊을 수 없을 거다, 아빠는 엄마 일생의 사랑이었다, 아빠를 만나 결혼한 걸 조금도 후회하지 않는다. 아뇨, 나는 못 받아들이겠어요. 아저씨와 오손도손 지내는 엄마보다 아빠를 잃고 의기소침했던 엄마가 나는 더 좋은가 봐요. 결국은 이기적이고 못돼먹은 딸이라서 엄마가 아빠 없이도 사는 것처럼 살고, 웃고, 잘 지내는 걸 용납하지 못하나 봐요. 그리고 가끔은 엄마가 다른 타입을 만났더라면 좋았을 거라는 아쉬움도 있어요. 새로운 생각에 좀 더 열려 있고, 장난기도 있고, 좀 더 대담한 면도 있는 사람 말이에요. 나에게 놀라움이나 감탄을 자아내고 나를 웃게 하는 사람. 하여간 아저씨와는 다른 타입이었으면 좋았을 것 같아요. 암요.

시간은 가만히 흘러갔어요. 나도 가만히 익숙해졌어요. 허구한 날, 매사에 엄마를 찾던 버릇이 사라졌어요. 서로 볼 일이 있을 때는 엄마에게 잘하려고 애쓰되 무리하지 않아요. 짜증이 나도 내색하지 않으려 노력해요. 내 삶은 내 일, 내 남편, 내 자식들, 내 친구들을 중심으로 돌아가기 시작했어요. 내 이야기를 덜 하게 됐어요. 어차피 엄마는 이제 내가 누구누구와 친한지 잘 몰라요. 그 친구들 이름도 다 잊어버렸지요. 그냥 "엄청 예뻤던 애", "세 번 결혼한 애", "미디 지방에서 한 번 봤던 애", 그리고 엄마가 아는 분의 손녀인 애가 있을 뿐……. 엄마는 내가 하는 일을 잘 모르면서도 늘 관심을 두곤 했어요. 엄마는 내가 누구누구랑 같이 일한다고 하면 나를 부러워하곤 했지요. 이제 엄마는 그 사람들에게 관심도 없어요. 장 도르메송만은 예외일지도 모르겠네요. 엄마는 내가 그 작가를 또 만난 적이 있는지 종종 묻곤 하니까요. 엄마는 몽토방에서 백내장 수술을 받았어요. 한쪽 눈, 그다음에는 다른 쪽 눈도요. 나는 요즘 시력이 떨어졌는지 책을 읽으려면 안경을 써야 할 것 같은데 엄마는 이제 안경 없이 책을 읽을 수 있게 됐다고 자랑을 하지요.

우리 둘째가 6월에 만 세 살이 됐어요. 9월 첫째 주말, 우리는 여름 끝자락의 햇살을 즐기러 왔어요. 우리 둘째와 그자비에 아저씨 사이에는 묘한 유대감이 형성되어 있지요. 둘은 마음이 잘 맞아요. 진짜 할아버지와 손자처럼 말이에요. 아저씨는 엄마 옆에서 늘 정 많은 할아버지 노릇을 할 줄 알지요. 어떻게 아는 걸까요? 아저씨가 그 이야기에 대해서 무엇을 알 수 있을까요? 아저씨는 내 마음이 다칠까 봐 그러는지 아이에게 자신을 "그자비에 아저씨"라고 부르라고 했어요. 하지만 그 애도 금세 자기 형을 따라 "그자비에 할아버지"라고 부르게 됐지요. 아저씨 딸과 손주들도 존댓말을 쓰는데 세 살짜리 우리 아들은 아저씨를 이름으로 부르고 반말을 썼어요. 토요일에 우리 둘째가 덥석 아저씨 목을 얼싸안으니까 아저씨가 다정하게 물어보았지요.

"그래, 말해보련? 유치원에서 뭘 배웠니?"

아이는 아저씨를 빤히 보더니 의기양양하게 대답했어요.

"닥쳐, 호모 자식!"

엄마 얼굴에 핏기가 싹 가셨어요.

나는 펄쩍 뛰었지만 그자비에 아저씨는 재미있다고 배를 잡고 웃어댔어요.

엄마는 행복해요. 엄마가 내게 말한 대로, 비록 기분이 널뛰고 감정 기복이 심해졌지만요. 엄마는 나에게 자기는 운이 좋은 것 같다고 했지요. 나는 그 말을 믿어요. 엄마는 심지어 어느 여성 작가에게 편지로 그렇게 써 보내기도 했어요. 노년을 주제로 책을 쓰는 그녀는 취재 삼아 엄마를 찾아왔었지요. "나는 그자비에와 함께하는 삶이 아주 행복해요. 아직도 나를 사랑하고 원하고 기분을 맞춰주는 사람이 있어서 좋고, 내가 누군가를 생각하고 그 사람에게 연애편지도 받을 수 있으니⋯⋯."

아마 나도 행복한 사람일 거예요. 단지 엄마처럼 행복을 한껏 누릴 줄 몰라서 문제이겠지요. 엄마는 나를 염두에 둔 것 같은 말을 덧붙였어요. "그렇게 하는 게 자식들에게도 안심될 거라 생각해요. 혼자 살면서 적적해하고 괜히 애들에게 전화를 걸어 앓는 소리를 하느니 행복한 부모의 모습을 보여주는 편이 백배 낫지요. 아무래도 애들도 마음이 놓이지 않겠어요? 문제를 일으키고 상황을 골치 아프게 만드는 재주가 있는 사람들이 있어요. 아시겠지만 행복을 누리는 것도 태도의 문제예요. 인생은 짧아요. 인생을 허비하는 건 용서할 수 없지요. 행복을 엉뚱한 곳에서 찾기보다는 지금 가진 것에 감사하고 행복해할 줄 알아야 해요."

행복을 누릴 줄 아는 태도, 엄마는 그 태도를 자신의 것으로 삼았어요. 나를 늘 아연실색하게 했던 그 태도를 나는 물려받지 못했지요. 엄마는 브르타뉴의 하늘을 쳐다보면서 "구름 사이로 인사하는 파란 하늘"을 말하는 사람이지만, 나는 프로방스의 새파란 하늘에서도 구름 한 점을 먼저 보고 미스트랄*이 분다 싶으면 벌써 천둥 번개를 걱정하는 사람이지요. 나는 늘 엄마가 놀라웠어요.

<hr />

* 미스트랄 : 프랑스의 론 강을 따라 리옹 만으로 부는 강한 북풍.

외삼촌이 그자비에 아저씨의 옛날 사진을 찾았어요. 날짜는 쓰여 있지 않았어요. 측면 전신 사진이었지요. 짧게 친 머리에 군모를 쓰고 제복을 입은 모습. 흰색 앞치마와 조리모 차림의 요리사가 숯불에 구운 고기 꼬치 같은 것을 내밀고 있어요. 외삼촌이 어떻게 그 사진을 가지고 있었을까요? 나는 엄마에게 그것까지 물어볼 생각은 하지 않았어요.

나는 그 흐릿한 흑백의 얼굴에서 엄마를 반하게 했던 그 무엇을 찾으려 했고, 찾을 수 있기를 바랐어요.

이상하지요, 나는 아저씨의 생일잔칫날 스크린에 띄웠던 수많은 사진에서도 오로지 거기에만 신경을 썼어요. 이제야 이 빛바랜 사진 앞에서 생각하네요, 이 얼굴에는 어떤 그림자가 스쳐 지나가요. 스무 살 때 좋아했던 남자를 다시 보았을 때 엄마의 기분이 어땠나요? 하얀 롤스크린에 스물두 살의 아저씨 사진이 떠올랐을 때 어땠나요? 아저씨가 잠수를 타기 전, 엄마가 마지막으로 보았던 그분의 모습을 보니 어떻던가요? 그 영상이 엄마의 괴로움을 다시 일깨우지는 않았나요?

사실, 나는 엄마가 아무렇지도 않았으리라 생각해요. 엄마에게 상처 준 남자는 지금의 남자가 아니에요. 그는 엄마의 추억 속 남자이고 그 남자는 이미 오래전부터 나이도 없고 얼굴도 없어요.

엄마의 여든 번째 생일은 오빠들의 도움을 받아 내가 처음부터 끝까지 준비했어요. 손님 명단 작성, 초대장 디자인, 상차림, 메뉴, 요리사, 사진, 엄마 인생의 주요한 단계를 되짚어보는 축사, 삼 남매가 함께 드리는 아일랜드 코네마라 여행 선물까지. 여행지도 고심해서 선정해야 했어요. 엄마가 가보지 않은 곳을 고르는 게 쉽지 않았지요. 엄마는 아빠랑 워낙 여행을 많이 다녔으니까요. 너무 멀어서도 안 되었어요. 여든 살 노인이 남미의 안데스 산맥 트레킹을 할 수는 없는 노릇이잖아요. 너무 더운 곳 제외, 너무 힘든 곳 제외. 경치가 좋은 곳. 물론 여행은 아저씨와 두 분이 함께 가는 것으로 잡았지요.

넉 달이나 지나 열린 잔치였어요. 외진 시골에서, 크리스마스와 새해 모임을 가진 지 며칠 안 되어 또 생일잔치를 하는 건 그 누구의 스케줄과도 맞지 않았거든요. 추위, 눈, 빙판길, 차

마실 시간이면 벌써 컴컴해지는 하늘, 연말의 누적된 피로, 이 모든 것이 각자 집에 틀어박혀 있고 싶은 이유가 되었지요. 그 래서 우리는 봄이 오기를, 나무들이 옷을 갈아입고 공기가 온 화하고 향긋해지기를 기다렸어요. 그리고 오늘, 양가 가족과 가장 가까운 친구들이 엄마를 위해 한자리에 모였어요. 오늘은 4월 13일 일요일, 날씨가 참 포근해요.

나는 엄마 생일잔치에 입으려고 기계 주름이 들어간 포도주 색 비대칭 실크 드레스를 샀어요. 결과적으로는 그리 예뻐 보 이지 않았고 엄마는 묘한 표정으로 날 보더니 "희한한 옷"이라 고 했지요. 그자비에 아저씨는 엄마를 위해 짙은 색 양복과 흰 셔츠를 입고 금색 커프스단추를 달고 작은 금색 무늬가 있는 붉은 넥타이를 맸어요. 아저씨는 햇살 아래서 한 손에는 샴페 인 잔을 들고 사방에 상냥한 미소를 날리면서 줄담배를 피웠 어요.

3년 전 아저씨의 여든 번째 생일잔치 때처럼 거실에 큰 점심 상을 차렸어요. 분홍색 식탁보와 거기 잘 어울리는 냅킨, 전채 요리를 담을 흰색과 분홍색 종이 접시를 사두었지요. 종이와 마분지에 불과하다고 해도 시각적 효과는 만점이었어요. 나는 엄마도 예쁘게 봐줄 거라고, 낡고 오래된 거실 인테리어보다는 엄마의 연분홍색 투피스와 어울리는 화사한 봄 색상이 시선을 끄는 게 나쁘지 않다고 생각했어요.

3년이 지난 오늘은 엄마의 인생 사진들, 행복하고 그리운 추억들을 스크린에 띄울 차례였지요. 엄마의 부모님이 등장하면서 시작된 인생 사진은 아빠와 함께한 모습으로 이어졌고 아저씨와 함께한 모습으로 마무리되었어요.

지역 특산품인 대형 '동종' 케이크에 진분홍색 초를 여든 개 꽂았어요. 엄마는 머랭과 아몬드 가루를 주재료로 하는 이 케이크를 무척 좋아하지요. 하여간, 여든 개의 초를 일일이 세고 불붙이느라 애 좀 먹었지 뭐예요. 엄마는 마지막 초까지 불을 끄느라 무려 네 번이나 시도해야 했어요.

엄마가 선물을 열어보는 순간이 왔어요. 여행은 포장해서 드릴 수 있는 물건이 아니어서 우리는 상징물을 찾아야 했어요. 그래서 세 개의 상자를 준비했지요. 엄마는 호기심에 가득 차서 첫 번째 상자를 열어봤어요. 아름다운 아일랜드의 풍경 사진과 손주들이 직접 그린 초록색, 흰색, 오렌지색 아일랜드 국기가 있었지요. 두 번째 상자에는 초록색 방울이 달린 스코틀랜드 베레모와 거기에 붙은 빨간색 가발이 나왔어요. 엄마는 의아한 듯 입을 벌리고 있었어요. 설명을 해야 했어요. 엄마, 두 분이 같이 아일랜드 여행을 다녀오세요. 네, 두 분이 함께 가시는 여행이에요. 여행지로 어디가 좋을까 고민 좀 했어요. 여행을 좋아하시지만 너무 먼 곳도 별로, 너무 더운 곳도 별로라고 하시니. 그런데 엄마가 브르타뉴처럼 바다나 해안 절벽이 있는 곳을 좋아하시는 것 같아서……. 엄마가 알아들은 표정을 짓는 동안, 나는 우리가 이 선물을 잘 고른 게 맞나 자신이 없어졌어요. 엄마는 오히려 기겁하는 것 같았어요. 짐을 바리바리 싸서 한 번도 가본 적 없고 비도 자주 오는 섬으로 날아가야 한다고 생각하니 불안해졌을까요.

아저씨는 늘 그렇듯 자기 역할을 해주었어요. 그 빨간색 가발을 약간 삐뚜름하게 자기 머리에 얹고 우리 모두를 웃겨주었지요. 아저씨는 그 상황을 즐기고 기념사진도 그 모습으로 찍었어요. 그렇게 우스꽝스러운 가발을 쓰고도 아저씨는 우리 중에서 제일 우아했어요.

그자비에 아저씨가 엄마를 웃기는 데 성공했지만 나는 엄마가 선물을 별로 마음에 안 들어 하는구나 생각했어요. 엄마는 억지로 기뻐하고 있었지요. 행선지가 어디가 됐든, 엄마는 여행이 내키지 않았어요. 엄마 집, 아저씨 집에서 지내는 게 제일 좋은데 굳이 다른 곳에 가고 싶겠어요? 그러지 않아도 이 집 저 집 옮겨 다니며 사느라 피곤하겠지요.

아저씨는 엄마의 실망을 감지했을까요? 아저씨는 스코틀랜드 베레모 일체형 빨간색 가발을 쓴 채 크고 힘찬 손으로 엄마의 얼굴을 감싸 쥐고 열렬히 키스했어요. 그날의 가장 아름다운 순간, 엄마가 마침내 행복에 빠져드는 순간이었지요. 엄마의 얼굴이 환하게 빛났어요. 그게 최고의 생일 선물이었지요. 여든 번째 생일을 기념하는 열렬한 입맞춤. 굴곡이 심한 코네마라의 수려한 풍광을 보러 간들, 거기에 비교가 되겠어요? 어떤 선물이 그런 사랑에 비교될 수 있을까요?

엄마는 아일랜드 여행에서 얼굴이 발그레해져서는 희희낙락하며 돌아왔어요. 하늘은 파랗고 바람은 시원하고 날씨가 아주 끝내줬다지요. 두 분은 바닷가를 오래오래 걸었고 더블린에 사는 엄마의 첫 손자도 만나서 즐거운 하루를 보냈어요. 엄마는 늘 그런 식이지요. 집에서 떠나기 싫다, 비행기를 타는 건 더 싫다, 그렇지만 일단 떠나고 나면, 특히 현지에 도착하면 모든 게 신나고 즐겁지요. 엄마는 코네마라의 야생적인 아름다움, 초록의 산맥과 피오르, 아일랜드 사람들의 따뜻한 환대, 아일랜드 음악, 아일랜드 조랑말, 양, 홍합 요리와 훈제 생선을 마음에 들어 했어요.

그러고 나서 자기 집과 자질구레한 습관으로 돌아온 것을 기뻐했고요.

나는 우리의 생일 선물이 사실 그렇게 나쁘지는 않았나 보다 생각했어요.

아빠의 막냇동생 장 삼촌이 오늘 아침에 돌아가셨어요. 나이도 엄마 또래이고 무척 가깝게 지냈던 삼촌이에요. 요 몇 년간 삼촌은 무척 쇠약해지셨어요. 왠지 아빠가 한 번 더 돌아가신 것 같은 기분이었어요. 나는 어렸을 때 장 삼촌네 사촌들과 제일 친했어요. 지금은 엄마 집이 된 그 집에서 같이 살았으니까요. 무서운 친할머니가 살아 계시던 시절이지요. 나는 사촌들과 어울려 지내면서 소위 집안의 얼이랄까, 정신이랄까, 그런 것을 느끼곤 했어요.

장 삼촌은 나의 행복했던 어린 시절의 다른 이름이지요. 사촌들과 함께 보내는 기나긴 여름 방학, 크리스마스의 잔칫상. 부모님들이 덱 체어에 널브러져 느긋하게 커피를 음미하는 동안, 우리는 나무를 타거나 노란색 플라스틱 양동이에 흙, 낙엽, 오줌으로 잡탕을 만들었어요. 팬티가 보이거나 말거나 철봉에

다리로 매달리기를 하고, 사촌 언니는 나를 비행기 태워줬지요. 크로케 놀이도 함께 하고 개구리 놀이도 했어요. 좀 더 커서는 사촌들과 비둘기장에 숨어서 담배도 피웠고요. 서로 싸우기도 했어요. 고기 완자를 사촌 언니 머리에 던진 적도 있는걸요. 언니가 안 맞아 다행이었지 뭐예요. 엄마가 갑자기 덱 체어를 박차고 일어나 나를 텃밭 쪽으로 데려가서는 뜨개바늘로 위협하면서 꾸중했던 것도 그 무렵이에요. 그때 내가 무슨 짓을 했기에 엄마가 그렇게까지 화가 났었을까요? 그때 엄마를 말리던 숙모, 그러니까 장 삼촌의 부인은 이제 어떻게 될까요?

장 삼촌의 여든 번째 생일잔치가 기억나요. 4년이 좀 더 된, 7월의 어느 토요일이었지요. 아빠의 장례식 이후 처음으로 두 삼촌을 뵈었어요. 삼촌들은 나이를 먹으면서 점점 서로 닮아갔어요. 그렇게나 키가 컸던 장 삼촌은 완전히 쪼그라들었고, 건장하고 목소리가 우렁찼던 모리스 삼촌은 귀가 잘 안 들리고 목소리가 떨리는 연약한 노인이 되었어요. 내가 삼촌들의 모습에 뭔가 반감을 느꼈던 기억이 나요. 삼촌들은 왜 그렇게 됐을까요? 아저씨는 그렇게 정정한데 왜 삼촌들만 그렇게 확 늙었을까요?

생일잔치 사진 속의 그자비에 아저씨는 엄마 옆에 서 있어요. 아저씨는 잘생겼어요. 아빠의 가족들도 아주 편하게 대하고요. 담배를 손에 들고 고개를 뒤로 젖히면서 웃는 모습이지요. 그날 사촌들과 함께 찍은 사진 속에서 나도 웃고 있어요. 얼굴은 웃고 있지만 이건 옳지 않다고 생각하는 중이지요. 형제 중에서 제일 몸이 약했던 장 삼촌은 세 번이나 심근경색이 왔어도 살아 계시는데 왜 우리 아빠는 갑자기 한 번 크게 온 심근경색으로 돌아가셨을까. 사촌 언니들이 부러웠어요. 그리고 오늘, 언니들은 혼자된 숙모를 위로하고 있겠지요. 오늘 언니들을 꼭 안아줄래요. 나도 그때는 누군가가 꼭 안아주기를 간절히 바랐거든요.

이 집 저 집을 오가는 동거 생활과 브리지 게임을 제외하면 엄마는 이제 딱히 그 무엇에도 관심을 두지 않아요. 가끔, 엄마가 세상이 어떻게 돌아가는지 너무 몰라서 경악스러울 지경이지요. 이제 엄마는 아무것도 몰라요. 지구가 갑자기 멈춰버린다 해도 엄마가 그걸 알아챌 수 있을지 모르겠네요. 엄마는 이제 매일 뉴스를 보지 않고 텔레비전에서 재탕해주는 옛날 범죄 드라마만 봐요. 오래전 아빠가 구독 신청한 신문은 꼬박꼬박 배달되지만 엄마는 사실상 읽지 않아요. 정치면, 경제면, 문화면, 스포츠계나 과학계 소식도 엄마의 관심을 끌 수 없어요. 엄마는 부고 및 주요 소식란과 텔레비전 방송 편성표만 참고하지요. 매사에 그렇게 호기심이 왕성했던 우리 엄마가 지금은 모든 것에 시큰둥해요. "엄마, 이번에 노벨 의학상을 프랑스 사람이 받았잖아요?" "아, 그러니?" "화성에서 물의 흔적이 발견됐대요!"

"응?" "라시다 다티*가 임신을 했는데 애 아버지가 누구인지 모른대요." "아, 그래……."

하지만 엄마의 정신 건강이 염려되지는 않아요. 엄마는 늘 머리가 빠릿빠릿하게 돌아가는 것처럼 보이거든요. 엄마 입으로 "그런 쪽으로는 내가 그이보다 훨씬 나아"라고 말하기도 했고요. 아저씨는 뭔가를 깜빡하거나, 했던 말을 처음 하는 것처럼 또 하거나, 지갑이나 열쇠를 어디 뒀는지 몰라서 찾아 헤매는 일이 제법 많거든요. 확실히 엄마는 그쪽으로 타고났어요. 엄마는 기억력이 비상해요. 아직도 수학 방정식을 나보다 잘 풀고, 맞춤법도 거의 완벽하고, 프랑스 역사도 손바닥 들여다보듯 알고 있지요. 엄마는 브리지 게임 파트너로서도 꽤 잘나가요. 최근에도 토너먼트에서 몇 번이나 이겼잖아요. 그러니까 그냥 엄마가 세상에 관심이 없는 거예요. 아니면, 세상이 좀 겁나기 때문에 외면하는 걸지도 모르겠어요.

현실은 엄마가 늙어가고 있다는 거예요. 내가 보고 싶지 않아도, 내가 알고 싶지 않아도 그게 현실이지요. 그래도 엄마는 여전히 목소리가 젊은 사람 같고 발걸음이 날래지요. 엄마는 자주 넘어지지만 그건 노화와 상관없어요. 내가 어렸을 때도

---

* 라시다 다티: 프랑스의 여성 법조인이자 정치인.

엄마는 걸핏하면 어디 부딪치고, 넘어지고, 발을 접질리고, 계단을 헛디디고, 보도에서 풀썩 주저앉고 했지요. 엄마는 옛날부터 늘 그랬고, 허구한 날 균형을 잃었어요. 요즘 어쩌다 가끔 파리의 거리를 함께 걸을 때면 엄마는 나보고 너무 빨리 걷는다고 불평하지요. 하지만 엄마가 너무 느리게 걷고 자주 멈춰 서는 거예요. 숨이 차서 쉬었다 갈 때가 많고, 그때마다 나는 엄마를 기다려야 해요.

엄마를 봤어요. 내 시선이 엄마에게 머무는 것도 정말 오랜만이지요. 내가 보기를 한사코 거부했던 것에서 이제 도망치지 않아요. 엄마는 변했어요. 언제? 나도 몰라요. 언제 찾아온 변화인지 모르겠어요. 문득, 엄마 나이에 놀라요.

엄마를 봤어요. 이제 잠을 푹 자고 나도 깊은 주름이 눈에 띄어요. 블라우스에 뭐가 묻었네요. 엄마는 미처 못 봤나 봐요. 내가 알려줘야 할 텐데 그게 거북해요.

엄마를 봤어요. 엄마는 이제 숲으로 산책을 나갈 때 넘어질까 봐 지팡이를 들고 나가지요. 한 손으로 지팡이를 짚으니까 몸이 한쪽으로 기울어져 걸음걸이가 기우뚱기우뚱해요.

엄마를 봤어요. 엄마는 점점 더 작아져요. 머리가 더 동그래진 것 같고 머리숱이 줄어서 납작해 보여요. 이따금 엄마는 땅이 꺼져라 한숨을 쉬지요. 옛날에 친할머니가 그렇게 세상 다

산 것처럼 한숨을 쉬어대서 엄마가 지긋지긋해했잖아요. 친할머니는 밀랍처럼 창백한 얼굴에 백발을 쪽지어 올리고 늘 검은색이나 회색 옷만 입는 노파였어요. 엄마, 이제 엄마 나이가 친할머니 돌아가실 때 나이와 비슷해요.

엄마는 화사한 색을 즐겨 입고, 젊은 사람 같은 혈색이 아직도 조금은 남아 있어요. 머리는 늘 염색을 하고요. 하지만 엄마도 이제 고령의 노인이 되었어요. 그게 너무 마음이 아파요. 말도 안 되지만, 그래서 엄마가 조금 원망스러워요.

올해는 가족이 모여서 크리스마스 파티를 하지 않았어요. 엄마가 여름이 끝나갈 때부터 말해둔 일이지요. 엄마 집에서 온 식구가 크리스마스에 모이려면 엄마가 12월 중순에 몽토방에서 올라와야 하는데 그러기 싫다고요. 엄마는 몽토방 생활이 잘 맞아요. 날씨도 좋고, 아저씨도 곁에 있고. 크리스마스 하면 빠지지 않는 모든 것, 이를테면 자식, 손주, 추위, 눈은 없어요. 그런 것들은 너무 피곤하지요. 엄마가 우리는 이해하지 못할 거라고 했어요. 엄마 나이쯤 되면 다 귀찮다나요. 상을 푸짐하게 차리고, 밤새 떠들고 마시고, 소음과 난장으로 엄마 집은 쑥대밭이 되곤 했지요. 그래서 올겨울 처음으로 엄마는 집에 돌아오지 않았어요. 그냥 몽토방에서 아저씨와 지냈지요. 엄마와 아저씨는 크리스마스를 차분하게 보냈어요. 미사, 따끈한 수프, 오렌지 한 알, 그러고는 잠자리에 들었어요. 다음 날 나는 전화를 걸어 크리스마스 인사를 했어요. 아저씨가 샴페인을 한 병 열었고 두 분이서 구운 빵에 랑드산 푸아그라를 곁들여 잘 드셨다고요. 엄마는 안정된 느낌이었어요. 목소리도 나긋나긋하면서 명랑했어요.

우리는 엄마 없이 보내는 크리스마스가 좀 쓸쓸했어요. 엄마 집은 굳게 닫혀 있었고 엄마도 없으니까 우리가 가도 별 의미가 없었어요. 우리는 각자의 집에서, 각자의 아이들과 함께 크리스마스를 보냈지요. 1월 중순에 우리는 엄마에게 한번 올라오라고 권했어요. 몽토방에서 파리로 올라오는 건 직행이 있어서 어려울 게 없고 오빠가 역에 나가서 생제르맹앙레에 있는 오빠 집으로 모셔 가면 되지요. 아저씨는 어디 갈 생각이 없다고 해서 엄마 혼자 며칠 그렇게 올라왔다 가기로 했어요.

엄마는 생제르맹앙레를 좋아해요. 파리보다 살기가 편하지요. 너무 복작대지 않고 적당히 느긋하면서도 시내와 가깝다는 점이 몽토방과도 좀 비슷해요. 오빠 집에는 엄마가 편히 쓸 수 있는 예쁜 방과 전용 욕실이 있고 가족 분위기도 좋아요. 우리 자식들과 손주들은 오랜만에 엄마를 본다고 다들 기뻐했어요.

하지만 엄마가 오빠 집에 도착했을 때, 우리는 충격을 받았어요.

엄마 머리. 엄마, 머리를 어떻게 한 거예요? 아니, 뭘 어떻게 했다기보다는 뭘 안 해서 그렇게 된 거예요? 그런 머리는 처음 봤어요. 아래는 갈색, 위는 회색이라니.

얼마 전에 엄마가 내 의견을 구하긴 했어요. 염색을 하기 위해 미용실에 앉아 있는 시간이 이제 지겹다고요. 내가 아는 엄마는 늘 금빛 도는 갈색 머리였고 그 머리가 엄마에겐 썩 잘 어울렸어요. 나는 염색을 그만두지 않았으면 좋겠다고 했어요. 백발의 엄마를 보고 싶지 않았어요. 그자비에 오빠도 그런 얘기는 듣고 싶지 않아 했어요. 반면, 큰오빠는 염색을 안 하는 게 좋다고 했지요. 큰오빠는 흐르는 세월을 의식하지 않아요. 자기 나이나 엄마 나이에 관심 없고 외모가 뭐 그리 중요하냐고 하지요. 큰오빠가 옳다는 건 알아요. 하지만 난 그렇게 안 돼요.

엄마는 염색도 안 하고 머리도 스스로 손질할 줄 몰라 머리 모양이 엉망이었어요. 나도 언젠가는 엄마처럼 곱게 나이를 먹고 싶었건만 엄마는 이제 내가 그토록 자랑스러워했던 예쁜 엄마가 아니에요. 엄마가 염색을 그만둔 것뿐인데 나는 울고 싶어요. 엄마의 한 조각이 또 떠났어요. 흉한 머리 모양과 함께 갑자기 제 나이가 되어버린 이 노파는 내가 아는 엄마가 아니에요. 알아볼 수도 없는 모습이라고요.

아저씨는 염색 안 한 게 더 낫다고 하더라, 엄마는 들으라는 듯이 말했어요. 아저씨가 엄마에게 이런 결단을 내리게 한 거예요.

나는 엄마의 크리스마스 선물로 어두운 분홍색의 부드럽고 우아한 니트를 사두었지요. 여전히 젊은, 금갈색 머리의 엄마를 생각하고 고른 옷이었어요. 갈색와 회색이 섞인 머리의 노파가 그 옷을 입게 될 거라고는 상상도 안 했다고요.

나와 생각이 비슷한 그자비에 오빠와 한편이 되어 엄마를 설득하려 했지요. 아직은 되돌리려면 되돌릴 수 있었어요. 그렇지만 엄마의 완강한 거부에 부딪혔지요. 엄마는 결심을 꺾지 않았어요. 염색은 이제 끝이에요.

갑자기 내가 10년은 더 늙어버린 것 같네요.

엄마는 조금씩 무관심해졌어요. 자꾸만 늘어지는 세월이 자질구레하게 마음 써야 할 것들을 멀리 밀어냈겠지요. 너무 멀리 밀려나 희미해지고 더는 상관없는 일이 되었겠지요. 그래서 엄마는 자잘한 것들을 포기하고 손을 놓아버렸어요. 전에는 누가 집 안에서 담배를 피우면 엄마가 요란하게 기침을 해댔어요. 담배 연기, 특히 냄새를 질색했고 엄마 마당에서 누가 꽁초를 신발창으로 짓이겨 끈다는 건 상상할 수도 없는 일이었지요. 그자비에 아저씨는 필터 없는 골루아즈 담배를 피워요. 냄새가 아주 강한 갈색 담배 말이에요. 아침부터 한 대는 필수, 점심 전에도 필수, 커피를 마실 때도 담배가 빠지지 않지요. 아저씨는 오후 내내 주방, 차 안, 실외를 가리지 않고 흡연을 즐겨요. 저녁에는 난롯가에서, 거실에서, 안락의자를 엄마 옆에 딱 붙여놓고 줄담배를 피우는데 엄마는 이제 담배 연기가 아무렁지 않은가 봐요. 엄마 집에 가면 현관에서부터 담배 냄새가 코를 찔러요. 안락의자, 커튼, 옷, 머리카락 가릴 것 없이 그 냄새가 배어 있지요. 우리 모두 그 냄새를 불평해요. 엄마만 빼고요. 엄마는 이제 마당 자갈길에 아무렇게나 널려 있는 흰색 꽁초가 보이지도 않는가 봐요.

나는 아저씨가 엄마를 이 정도로 바꿔놓은 건가, 아니면 결국은 엄마 스스로 달라진 건가 의문이 들기 시작했어요. 아저씨는 이 모든 일에 책임이 없다고 생각하게 됐어요. 내가 세월을 잊었던 거예요. 모난 부분을 매끄럽게 만들고 닳게 만들고 시들해지게 만드는 시간을. 아주 많은 것을 대수롭지 않게 만드는 시간을.

전에는 엄마와 뭐든지 얘기할 수 있었어요. 엄마는 호기심, 열린 마음, 미묘한 차이를 알아차리는 감각이 풍부한 사람이었어요. 엄마가 예전 같지 않은 건 몇 년 전부터지요. 정신적으로 옹색해져서는, 엄마보다 더 답답한 정신의 소유자인 아저씨하고만 말이 통하는 것 같아요. 사람이 왜 이렇게 경직됐나요. 내가 가끔 엄마의 추상같은 비판이나 과격한 판단에 깜짝깜짝 놀라는 거 알아요? 물론 엄마가 아저씨 의견에 반대하면서 예전처럼 관용적인 사고방식을 취할 때도 있어요. 아저씨는 그럴 때 껄껄 웃기만 하고 절대 자기 의견을 굽히지 않지요. 나는 그런 입씨름을 재미 삼아 구경하지요. 엄마와 아저씨의 실랑이는 결코 오래가지 않아요. 그 끝은 언제나 똑같아요. 엄마가 기가 찬다는 표정으로 하늘을 쳐다보고 "당신 생각이 그렇다면, 뭐⋯⋯"라고 말하면 그 판은 마무리가 되는 거죠. 어릴 적 나의 화를 돋우던 그 말투. 엄마는 내가 버릇없이 고집을 피우면 날 붙잡고 실랑이를 하다가 나중에는 "네 마음대로 해"라고 뱉고는 다른 일로 넘어갔어요. 그 얘긴 이미 끝났다, 난 이제 관심 끈다, 뭐 그런 의미였어요.

나는 아저씨와의 대화가 점점 더 고역스러워요. 이제 서로 보고 산 세월도 꽤 되는데 피해야 할 화제는 늘어만 가요. 전쟁. 조국. 군대. 가족. 드골. 페탱. 독일인. 사회당. 사르코지. 교육. 사립 학교. 미사. 교황. 근본주의자들. 스카우트. 사제의 결혼. 여성의 일. 요구르트와 우유와 햄의 유통 기한. 눅눅해진 빵. 피어싱. 문신. 개를 씻기는 방식. 흡연의 해악. 유기농 식품. 랩. 규율. 여행. 미네랄워터. 피임약. 임신 중단. 콜뤼슈. 갱스부르. 신문기자들. 식민화. 존댓말. 파업. 말벌. 식었다가 다시 데운 커피. 인터넷.

그래서 나는 두 분이 애정 어린 실랑이를 하거나 말거나 가만히 입을 다물고 있어요. 어차피 아저씨도 점점 듣는지 마는지 모르겠고요.

엄마가 나에게 편지를 썼어요. 그것도 장문의 편지를.

이런 비밀스러운 편지를 읽는 상황이 올 줄은 몰랐어요. 영원히 읽지 않는 편이 좋았을 거예요. 가족 로맨스에 생채기를 내는, 너무 아픈 편지였으니까요.

"나는 큰 문제는 없지만 극도로 수줍음을 타는 여자아이였단다." 엄마는 무려 여섯 페이지에 걸쳐 지나온 일생을 요약했어요. 엄마의 어린 시절은 행복했지요. "나는 돈은 없지만 화목하고 느긋한 분위기의 집안에서 자랐지. 부모님이 싸우는 소리는 들어본 적도 없어. 두 분이 서로 사랑하고 우리를 사랑해주셨기 때문에 그걸로 충분히 행복했단다." 그다음에는 기숙사 생활 얘기였어요. "처음 두 달은 밤마다 울면서 잤지만 그 후에는…… 적응을 했단다."

그리고 그자비에 아저씨를 만났지요. "1944년 봄에 생시르 사관학교 생도와 인사를 나눴는데 나도 호감이 있었고 서로 얘기를 많이 나누었단다. 아마 그 사람을 다섯 번인가 여섯 번 만났을 거야……. 그 무렵에 연합군이 상륙했고 파리가 해방되었어. 내가 만나던 생도는 부대로 돌아가야 했지……. 우리는 편지를 많이 주고받았는데 그는 조심스럽게 나에 대한 각별한 감정을 내비치곤 했어…… 나는 산타 할아버지를 믿을 만큼 순진했고 그 사람이 내 인생의 남자라 믿어 의심치 않았어. 나는 그이가 8월이면 자기 부대와 함께 파리 지역으로 돌아올 거라 생각했지. 그는 제2 기갑사단에 대한 책을 나에게 선물했단다. 그를 한 번 더 만났고…… 그후로 다시는 보지 못했어……. 10월에, 상대의 너무 긴 침묵에 놀라서 나도 알고 그 사람도 아는 여자 친구에게 근황을 알아봐달라고 했어. 며칠 후에 그 친구가 난처해하면서 말해주더라고. 그 사람이 '자기 엄마가 찾아준' 여자와 약혼했다고 말이야. 얼마나 울었는지 몰라. 그러다 얼마 후에는 그럴 필요 없다고, 그냥 나 좋다는 남자가 나타나면 그 남자랑 바로 결혼해버리겠다고 생각했어."

바로 그때 아빠가 나타난 거예요. "네 아빠는 친절하고, 춤을 정말 못 추고, 내 마음에 들긴 했지만 진짜 사랑이라는 확신은 없었어……. 하루는 테니스 시합을 하고 나서 나에게 키스를 했지. 나에겐 첫 키스였어……. 그 사람이 결혼하자고 했을 때

나는 그러겠다고 했어."

아빠가 춤에 완전히 젬병이라는 건 나도 알고 있었어요. 하지만 그 후의 일, 아빠의 무뚝뚝한 태도, 엄마의 실망과 의기소침에 대해서는 몰랐지요. "결혼 생활은 처음부터 지옥이었어……. 내가 엉망이었던 건 맞아. 음식도 할 줄 모르고 살림하는 것도 너무 힘들었어. 엄마가 그때까지 살아왔던 환경과는 완전히 딴판인 세상에 뚝 떨어졌던 거야……. 그때부터 내가 마음을 닫기 시작했던 것 같아. 불행한 삶을 계속 끌고 가고 싶지 않았어. 아무래도 상관없기를, 무엇보다 친정 부모님이 내가 힘들게 사는 걸 모르시기를 바랐어……."

"10년을 버티면서 내 마음은 점점 더 모질어졌단다……."

그렇게 세월이 흘렀고, 내가 태어났지요. "딸이란 엄마에게 얼마나 선물 같은 존재인지! 너는 키우기 쉬운 아이는 아니었어……. 네 오빠들은 결혼시키고 나니 남처럼 느껴지더구나. 너는 늘 나와 가까웠어. 살가운 모녀 사이가 영원히 계속되기를 바랐지……. 그러다 너도 남편을 만났어."

그 후 몇 년은 아빠와 엄마 사이가 좋아졌어요. 엄마는 거의 행복해졌지요. 그렇지만 아빠도 엄마를 떠났어요. "침대에 누워 있는 그 사람 옆에서 30분을 넋 놓고 앉아 응급 구조대를 기다리던 기억은 영원히 지울 수 없을 거야. 그는 숨을 제대로 쉬지도 못했고 나는 뭘 해야 할지 막막하기만 했지. 그러다 어느 순간, 너희 아빠가 '나 죽는다, 나죽어⋯⋯' 하더니 죽어버렸어⋯⋯."

"3년이 지나고 어느 날 그자비에의 편지를 받았어⋯⋯. 망설여졌지. 그 사람이 나에게 잘못했다고 생각했기 때문에 원망하는 마음도 있었고. 하지만 이유를 알고 싶은 마음이 더 컸단다. 그래서 여기 와서 점심이나 먹고 가라고 했지⋯⋯. 그 후의 일은 너에게 이미 다 말했다."

그렇지만 엄마는 편지에서 그 얘기를 새로운 표현으로 다시 하고 있었어요. 내가 몰랐던 세세한 부분과 전개를 털어놓았지요. 어쩌면 어떤 내용은 내가 계속 모르는 편이 더 나았는지도 몰라요. 가령, 아빠와의 신혼이 지옥 같았다는 얘기는요. 엄마는 결론 조로 말했어요. "어쩌면 나는 같이 살기 힘든 남자들에게만 사랑받는 팔자인지도 몰라⋯⋯."

엄마는 아저씨에 대해서 "그 사람은 내가 사랑을 필요로 할무렵 때맞춰 나타나주었지⋯⋯. 게다가 그 사람이 내 인생에의미를 주었다고 생각해."

엄마의 편지는 이 물음으로 끝났어요. "엄마가 너에게서 멀어진 걸까? 나는 그렇게 생각하지 않아. 엄마는 요즘 모든 게 쉽지 않단다. 너의 따뜻한 관심과 애정을 느끼고 싶다고 한다면…… 엄마가 너무 많이 바라는 걸까?"

엄마는 편지지 앞뒤로 어떤 글 한 편을 필사해서 동봉했어요. 엄마와 아저씨의 혼인을 축복한 신부님의 말씀이래요. 엄마는 내가 그 글을 읽기를 바랐어요. 그건 다 엄마가 나에게 할 수 없었던 말, 넉 달이 지난 지금까지도 꺼낼 수 없는 말이지요.

나는 그 종이를 덮개가 있는 셔츠 주머니에 쑤셔 넣었어요.

엄마 편지를 읽고 마음을 가라앉힐 수가 없어요. 살구를 곁들인 스테이크를 먹으면서 상담을 해줬던 그 남자 말이 맞아요. 내 어머니는 행복해질 권리가 있어요. 내 어머니는 연애할 권리, 집 아닌 다른 곳에서 살 권리, 신 앞에서나 어떤 형식으로나 재혼할 권리도 있어요. 그게 엄마의 행복을 위한 것이라면요. 네, 그 사람이 날 꾸짖은 건 백번 잘한 일이에요. 내 어머니가 앞으로 살면 얼마나 산다고요. 나는 엄마의 행복에 찬물을 끼얹을 권리가 없어요.

우리는 버릇없는 자식들이에요. 그중에서도 내가 최악이지요. 아무것도 우릴 방해하면 안 되고 우리의 사소한 습관을 깨뜨리거나 우리 삶에 파고들어선 안 돼요. 우리가 좀 더 따뜻하고 이해심 있는 모습을 보였다면 엄마는 얼마나 기뻤을까요. 우리가 엄마의 행복에 초 치는 행동을 한 것 같아요. 아저씨의 행복에도요. 아저씨는 엄마 한 사람만 있으면 충분히 행복할지 몰라도 엄마의 행복은 아저씨 한 사람만으로 안 될 거예요. 엄마에겐 그 이상이 필요하지요. 엄마는 우리가 자신이 끝까지 함께 걸어가기로 선택한 사람에게 애정을 기울여주길 바라요. 내 생각에 우리는 포용력 있는 가족이 아니에요.

그자비에 아저씨는 달라요. 아저씨는 교육을 잘 받았고 예의범절에 민감하며 규율을 중시하고 엄격하며 융통성이 부족해요. 필터 없는 갈색 담배를 피우고, 그다지 유머러스하지도 않고, 우리와 취향이나 가치관이 비슷하지도 않아요. 그래서요? 아저씨의 결점을 우습게 여기는 대신, 우리에게는 없는 지식이나 멋을 배울 수도 있었을 거예요. 아저씨가 우리보다 나은 처세나 화법 같은 것을요. 아저씨는 엄마를 다시 살아나게 한 사람이에요. 그리고 현재, 머지않아 아흔 살을 맞이할 엄마는 온전한 정신과 팔다리를 지니고 있고 아저씨는 그런 엄마에게 남이 아니에요.

엄마가 아저씨 딸들이 엄마에게 얼마나 살갑게 잘하는지 얘기할 때 엄마의 아쉬움과 슬픔을 느끼기는 해요. 그래서 자책하게 되네요. 아저씨는 우리가 못마땅해할까 봐 늘 긴장하고 서툴게 굴고 나는 그 서투름에 마음이 움직이기도 하지만 짜증이 나기도 해요. 엄마도 느끼겠죠. 그럴 때면 엄마도 어색함을 숨기지 못하고 어설프게 굴지요.

그렇지만 난 사실 아저씨를 꽤 좋아한다고 생각해요. 아저씨의 기운 없는 모습을 보면 얼마나 지치고 힘들면 저럴까 싶으면서 안쓰러운 마음이 들어요. 가끔은 오히려 내가 엄마를 붙잡고 아저씨에게 좀 다정하게 굴라고 말하고 싶은걸요. 남자 심리상담사가 내게 말했던 것처럼 아저씨가 앞으로 살면 얼마나 살겠느냐고 말하고 싶다고요. 비록 같이 지내기가 점점 힘들어지지만, 요즘은 엄마도 혼자 있고 싶어 할 때가 많지만, 때로는 습관이 사랑을 이기고, 연애 감정보다 싫증이 더 힘이 세지만, 아저씨는 엄마에게 기어이 돌아옴으로써 ── 그게 벌써 20년이 다 되어가요 ── 엄마의 인생을 구한 사람이라는 사실을 잊으면 안 돼요. 엄마와 아저씨에게 서로가 없었다면 지금 어떻게 되어 있을지 누가 알겠어요?

잘 풀어낼 수도 있었겠지요……. 내가 조금만 더 너그러웠더라면, 엄마 쪽에서 편하고 자연스럽게 나왔더라면 충분히 그럴 수 있었을 거예요. 그 결혼은…… 엄마가 우리도 그 자리에 참석시켰다면, 가령 오빠들과 나, 손주들을 불러서 그쪽 가족과 함께 조촐한 축하연이라도 마련하기로 했다면 내가 어떻게 반응했을지 모르잖아요? 엄마가 내처 숨기고만 있다가 부끄러운 비밀을 털어놓듯이 대충 언급하고 얼버무리지 않았더라면? 엄마에게도 중요한 일이었음을 우리가 이해했다면, 엄마의 마지막 사랑인 아저씨와 혼약을 맺고 행복해하는 모습을 우리에게도 보여줬다면?

엄마는 내가 초여름에 며칠 와서 엄마와 지내다 가면 좋겠다고 했어요. 아저씨가 와 있는데도 엄마는 다른 누군가가 필요한 성싶었어요. 엄마가 큰 소리로 말할 필요가 없는 다른 누군가가. 아저씨가 이제 귀가 너무 어두워서 엄마는 같은 말을 여러 번, 핏대를 올리면서 해야 해요. 우리 애들은 여름 방학이에요. 큰애는 친구 집에 갔고 작은애는 마침 테니스 여름 캠프에 가요. 그래서 나는 주말에 엄마 집에 가서 그다음 주말에 돌아오기로 했어요.

7월 초의 그날은 날씨가 참 좋았어요. 이맘때면 엄마와 둘이서 브르타뉴 여행을 하곤 했는데⋯⋯. 그 시절이 참 멀게만 느껴져요. 나는 매일 오후 한나절을 수영장 옆에서 빈둥거리고 엄마는 내게 차 한 잔과 생강빵 한 쪽이나 사블레 몇 조각을 권하러 나왔지요. 우리는 큰 나무 그늘에 자리를 잡고 수다를 떨었어요. 시간이 아까운 사람들처럼, 내일이 없는 사람들처럼 수다가 늘어졌지요. 중국 차에서 모락모락 올라오는 김 속에서 우리는 서로를 다소 잃어버렸던 그 세월을 따라잡아요. 그다음에 정원 탁자에 깍지콩 바구니를 올려놓아요. 오늘 아침 선선할 때 텃밭에서 딴 깍지콩이에요. 아저씨가 우리 자리로 건너오고 우리는 깍지콩 꼬투리를 다듬어요. 아저씨는 사실상 우리 대화에 끼지 않아요. 옛날에 아빠가 그랬던 것처럼 그냥 듣고만 있지요.

아저씨는 아흔한 살이지만 여전히 풍채가 좋아요. 하지만 겉보기에만 그럴 뿐, 정신은 세월을 이기지 못한 표가 나요. 내가 아저씨를 마지막으로 본 게 몇 달 전이에요? 잘 모르겠지만 그렇게 오래되진 않았을 거예요. 그런데도 사람이 너무 달라 보여요. 시간은 모래시계에서 떨어지는 모래처럼 균일하고 무감각하며 규칙적으로 흐르지 않거든요. 시간은 쏜살같이 흐르다가도 이따금 멈춘 것 같고, 속도를 내다가도 문득 느려지지요. 아무 일 없는 것 같다가도 다시 정신 차릴 수 없게 널을 뛰어요. 시간의 흐름은 단속적이에요.

아저씨는 덱 체어에 한참을 기대어 앉아 멍하니 먼 곳을 보고 있어요. 한 손에는 늘 그렇듯 골루아즈 담배가 들려 있고 다른 손으로는 개를 쓰다듬고 있지요. 세르피코라는 이름을 물려받은 새로운 개는 흰색과 검은색이 섞인 잉글리시 세터인데 눈꺼풀이 붉고 눈이 촉촉해요. 엄마는 그 개가 좀 귀찮게 달라붙는 편이라고 생각해요. 지난번 세르피코는 죽어서 묻힌 지 몇 달 됐어요. 개들에게도 세월은 어쩔 수 없지요. 버텨낼 수 없기는 마찬가지예요.

엄마는 이제 아저씨를 마냥 받아주기만 하지 않아요. 아저씨가 뭘 물어봐서 엄마가 대답을 했는데 말귀를 못 알아들으면 엄마는 그게 아니라고 목청을 돋우어 다시 말하지요. 하지만 아저씨는 귀 문제만 있는 게 아니에요. 5분밖에 안 지났는데 아까 물어본 걸 또 물어보지요. 나는 난처한 표정으로 엄마를 바라봐요. 엄마는 다시 말해줬어요. 하지만 세 번째로 물어봤을 때는 아예 대꾸도 안 했지요. 엄마의 짜증 섞인 반응을 보고 나는 하루 이틀 일이 아니구나 알아차렸어요. 아마 몇 달 전부터 이런 상황이 반복됐고 엄마도 어지간히 참았겠지요. 아저씨가 일부러 그러는 것도 아니고 본인은 얼마나 괴로울까 생각되지만 엄마도 연세가 있는데 얼마나 진이 빠지고 힘들까요. 물론, 나는 입장이 달라요. 처음엔 놀랐지만 좀 지나고 보니 투르느솔 교수*도 생각나서 웃음이 나더라고요.

이제 아저씨는 망각에 한 발을 들여놓은 채 살아갈 거예요. 시간이 갈수록 주프루아 거리 집에서 한 점심 식사 이후 돌연히 엄마를 떠나 잠수를 탔던 이유는 기억의 구멍으로 빠져버리겠지요. 엄마는 나한테 그 얘기를 다시는 하지 않았어요. 아직도 궁금한가요?

하지만 이제 와 뭐 그리 중요하겠어요. 엄마와 아저씨가 다시 만난 후 많은 세월이 흘렀고 두 분이 일흔 살 무렵의 적적한 삶을 뒤로 하고 새로운 삶을 꾸려온 지도 이렇게 오래됐잖아요. 엄마와 아저씨는 거의 20년간 새로운 이야기를 써왔어요.

아주 예외적인 이야기를.

---

* 투르느솔 교수 : 에르제의 만화 『탱탱의 모험』에 등장하는 과학자 캐릭터. 우리나라에서 '사오정'이라는 캐릭터가 그렇듯이 귀가 거의 들리지 않는 인물의 대명사로 통한다.

일요일에 파리로 돌아오기 전에 빨간색 전지용 가위를 들고 엄마와 함께 텃밭에 나갔어요. 엄마는 분홍 작약도 이번 주면 끝이라고 꽃다발이라도 만들어 가라고 했지요. 7월의 뜨거운 햇살 아래 꽃들은 이내 시들겠지요. 우리는 따뜻하지만 따갑지는 않은 오후 끝자락의 햇살을 즐겼어요. 엄마가 제일 좋아하는 시간대, 시골살이도 달게 느껴지는 때예요. 엄마는 작약이 아직 봉우리일 때 따야 오래간다고 설명했어요. 나라고 왜 모르겠어요. 엄마가 한두 번 말한 것도 아닌데.

　엄마는 내 팔짱을 꼈고 그렇게 우리 둘이는 텃밭까지 걸어갔어요. 내가 어릴 적엔 그 텃밭 자리에서 양을 길렀지요. 우리는 세 줄로 심은 깍지콩, 호박과 체리토마토를 지나 딸기밭까지 내려갔어요. 엄마는 지팡이를 이따금 팔랑개비 돌리듯 휘두르면서 땅이 바싹 말랐다, 비가 안 와서 걱정이다, 물이 부족하다,

말했어요. 이대로 가다가는 들판이 샛노랗게 말라비틀어지고 아프리카 비슷하게 될 것 같다고요. 그러고는 엄마 시선이 갈피를 못 잡고 흔들렸어요. 엄마 시선을 따라가 보니 나무딸기 너머, 예전 양 울타리 너머 어딘가에서 헤매는 것 같았어요. 엄마는 몸은 내 옆에 있지만 진짜로 내 옆에 있지 않았어요. 엄마의 지팡이가 다시 팔랑개비처럼 돌았어요. 왠지 중절모 대신 파올로 벙거지 모자를 쓴 찰리 채플린이 떠올랐어요.

파리 집으로 돌아오는 길, 작약 꽃다발의 향기를 맡는데 눈물이 앞을 가렸어요. 엄마와 함께 보낸 한 주가 좀 더 길었으면 좋았을 거예요. 우리의 재회와도 같았던 그 휴가가 끝나지 않기를 바랐어요. 분홍 작약의 향기 속에서 우리는 서로를 되찾았어요.

또 한 번의 크리스마스가 저물어가요. 엄마도 우리 모두와 함께 나흘을 즐겁게 보냈으리라 생각해요. 오빠들과 내가 엄마 보고 꼭 올라오라고 했지요. 준비는 내가 다 해두었어요. 미리 와서 난방을 틀어놓고, 거실에 크리스마스 장식도 하고, 방마다 환기도 하고, 상도 예쁘게 차려놓았지요. 빨간색 식탁보에 작은 솜뭉치를 군데군데 떨어뜨리고, 반짝이 장식 촛불도 켜고, 나뭇가지들을 주워다가 은색 스프레이와 눈송이로 장식을 했어요. 엄마가 손가락 하나 까딱할 필요 없게끔 냄비와 가마솥을 붙들고 사흘 전부터 음식도 준비했고요. 엄마를 귀한 손님처럼 대접하고 싶었어요. 선물로는 예쁜 니트 두 벌(하나는 분홍색, 다른 하나는 파란색), 커피를 내갈 때 쓰기 좋은 모로코산 쟁반을 샀어요. 엄마한테 뭐 필요한 게 없는지 물어봤더니 "아무것도 필요없다"고 했지요. 물어보나 마나였어요. 실은 어찌면 이번이 우리가 함께하는 마지막 크리스마스일지도 모른다는 생각이 내 마음속에는 있었어요.

엄마는 다시 내려갔어요. 그날 저녁, 침실에 올라가다가 왠지 모르게 엄마 방으로 발길이 향했어요. 엄마가 라디에이터 두 대를 다 꺼놓아서 방이 벌써 좀 썰렁했어요. 서랍장을 열고 내가 선물한 니트 두 벌을 엄마가 챙겨갔는지 확인했어요. 서랍 안은 단정하게 정리되어 있었어요. 마치 오랜 여행을 떠난 사람의 서랍처럼요. 별일 없으면 엄마는 4월에, 날이 풀리기 시작할 때 이곳으로 돌아올 거예요.

나는 거대한 구리 침대 옆에 한동안 우두커니 서 있었어요. 엄마가 없으니 방이 썰렁하네요. 바닥에 뒹구는 물건 하나 없이 정갈하고요. 그런 생각이 들더군요. 엄마가 영원히 떠나면 이 방은 이런 모습이겠구나.

몽토방에 전화를 했는데 엄마가 거의 공황 상태였어요. 그자
비에 아저씨는 완전히 정신을 놨어요. 아저씨가 정말로 노망이
나버리니 엄마는 이제 어찌해야 할지 막막해요. 목소리만 들어
도 엄마가 걱정이 이만저만 아니라는 걸 알겠어요.

　손쓸 수 있는 게 아무것도 없어서 두려워요, 엄마. 두 사람이
같이 늙어가는 한, 이렇게 될 수밖에 없잖아요. 둘이 함께 서서
히 정신을 놓게 된다는 것. 그래요, 엄마도 지력이 떨어지기 시
작했어요. 아직은 사소한 일을 깜박깜박하는 정도로 크게 염려
하지 않아도 되지만 엄마의 기억력이 흐릿해지기 시작했지요.
엄마는 차에 곁들이려고 나와 함께 만들곤 했던, 아빠도 그렇
게나 좋아했던 그 먹음직스러운 코코넛 과자가 생각나지 않아
요. 엄마가 크림을 곁들인 오이를 좋아했었다는 것을 잊었고
요. 엄마가 근대라면 질색했었다는 것도 기억이 안 나지요. 불

과 작년까지만 해도 엄마가 나에게 예전에 일어났던 소소한 사건들을 미주알고주알 이야기해 주었었는데 이제 그런 일도 다 남의 이야기 같은가 봐요. 예를 들어, 예전에 엄마가 자전거 탄 사람과 부딪히고는 한바탕 한 적이 있는데, 그 사람은 자기 잘못을 인정하지 않고 아빠까지 되레 그 사람 편을 들어서 엄마가 화가 머리끝까지 났던 일 같은 것 말이에요.

솔직히 아저씨가 치매라고 해도 내가 괴롭거나 그렇진 않아요. 하지만 엄마 기억에 구멍이 나기 시작했다니, 내가 견딜 수가 없어요. 마치 엄마의 일부가 사라진 것 같아요. 벌써 엄마를 조금 잃은 것 같다고요. 그래서 엄마가 기억을 못 하거나 엉뚱한 소리를 하면 나는 굳이 바로잡으려 들고, 그러다 실랑이가 되기도 해요. 엄마는 자기가 틀렸다는 걸 인정하지 못하고, 나는 엄마의 기억력이 망가지기 시작했다는 걸 인정하지 못하지요. 하지만 나도 알아요. 어떻게든 엄마 기억을 복원하려고 아둥바둥해서는 안 된다는 것을. 기억하는 사람 못지않게 기억하지 못하는 사람도 괴롭다는 것을. 악착같이 매달리면 항상 끝이 안 좋다는 것을. 엄마가 옛날에 크림을 곁들인 오이를 좋아했었다는 얘기를 백번 해도 엄마가 아니라고 고개를 저을 때, 어깨를 으쓱하고 다른 얘기로 넘어갈 때 나는 절대로 시선을 돌리고 "아, 엄마가 그렇다면 그런 거죠, 그게 뭐가 중요해요"라고 말할 수가 없어요.

　나는요, 그게 중요하거든요, 아무렇지 않을 수가 없거든요……. 예전 우리 삶의 작은 조각들이 차츰 지워지고 엄마의 머릿속에 공백을 남기는데 어떻게 아무렇지도 않을 수가 있어요.

요즘은 엄마가 전화를 자주 해요. 엄마는 내 건강을 걱정하기 시작했어요. 엄마 친구 딸들이 최근에 유방에 문제가 생긴 경우가 많다면서요. 엄마는 걱정이 늘어지지요. 적어도 검사는 정기적으로 받고 있지? 엄마는 우리와 다시 가까워지고 싶어 하는 것 같아요. 1월에 엄마는 아저씨를 며칠 혼자 두고 파리에서 우리와 함께 새해 연휴를 보내기로 했어요. 지난 만성절 연휴에도 몽토방으로 곧장 내려가지 않고 우리(아이들과 나)를 만나고 갔지요. 간식을 먹고 나서 넷이서 크라페트 게임을 했어요. 내가 어릴 때 아빠가 서재에서 일하는 동안 우리 둘이 시간 가는 줄 모르고 카드놀이를 했던 것처럼요. 하루는 저녁에 엄마가 마작 게임을 가지고 나왔는데 우리 애들은 새로운 게임을 발견하고 기뻐했고 나는 어린 시절로 되돌아간 기분이 들었어요.

나도 엄마가, 두 분이 걱정돼요. 아저씨와 아저씨 딸들과 아저씨가 키우는 개의 안부도 물어보지요. 엄마는 겨울의 소소한 일상을 이야기해요. 날이 궂지 않은 몽토방 거리를 산책하고, 장에서 채소를 사다가 저녁을 먹을 수프를 끓이고, 여전히 나란히 앉아 연필과 십자말풀이를 들고 머리를 맞댄다고요.

아저씨가 먼저 세상을 떠나버리면 엄마는 어떻게 될까요? 당연히 엄마도 생각해봤을 거예요. 하지만 엄마는 아저씨를 더 걱정하지요. 엄마는 자기가 아저씨보다 먼저 갈까 봐 두려워요. 아저씨는 혼자 살 능력이 없어요, 그렇게 되면 정말 큰일이에요.

엄마는 다시 살아갈 수 있을 거예요. 그럴 능력이 있으니까요. 엄마는 이미 파리 7구 봉마르셰 백화점 근처의 양로원을 알아봤어요. 지금은 대기도 안 될 만큼 밀려 있지만 내년에는 대기자 명단에 이름을 올릴 마음을 먹고 있지요.

나도 아저씨가 먼저 갔으면 해요. 너무 고생스럽지 않게, 질질 끌지 말고 가셨으면 좋겠어요. 엄마가 아저씨 수발을 들러 내려가는 모습, 정말 못 보겠어요. 아저씨가 남서부 자기 집에 병실을 차려놓고 엄마를 간병인으로 살게 하는 건 싫다고요. 아저씨가 벌써 그런 얘기도 했다면서요. 파리의 양로원에는 죽어도 들어가지 않겠다고요. 나는 알아요, 엄마는 아저씨와 나 사이에서 선택하라면 아저씨를 택할 거라는 걸요.

엄마의 아흔 번째 생일잔치를 했어요. 10년 전에 비하면 조촐한 자리였지요. 엄마 친구들은 이제 이 세상 사람들이 아니든가, 축하하러 오기에는 거동이 많이 불편하지요. 우리는 엄마에게 흰색 캐시미어 숄과 '나는 기억합니다'라는 제목의 앨범을 선물했어요. 우리 삼 남매, 엄마의 손주 열 명, 증손주 아홉 명이 엄마와 함께한 가장 아름다운 추억을 앨범에 담았지요. 엄마는 이렇게 근사한 선물은 처음 받아본다고 했어요.

오늘 찍은 사진 속에서 엄마는 눈부시게 빛나요. 엄마를 돋보이게 하려고 우리 모두 분홍색으로 차려입었어요. 이제 나는 엄마의 백발에 익숙해요. 엄마는 머리를 예쁘게 하고 어깨에 얇은 오프화이트* 니트를 걸친 모습으로 연신 방긋방긋 웃었어요. 엄마가 이렇게 행복하고 활기찬 모습으로 카메라에 찍힌 적은 없는 것 같아요. 꽃분홍색 원피스 차림의 엄마는 아무리

봐도 아흔 살 같지 않았어요.

　엄마 옆에 서 있는 그자비에 아저씨도 변함없이 자세가 곧고 우아해요. 아저씨의 파란 눈은 잠시도 엄마의 눈에서 떠나지 않지요. 아저씨도 그 연세로는 보이지 않아요. 아저씨는 드레스 코드를 맞출 분홍색 옷이나 장신구가 전혀 없었기 때문에 재킷 주머니에 분홍색 종이 냅킨을 곱게 접어서 꽂았어요.

　우리 모두 엄마가 가장 좋아하는 색 옷을 입었던 그날은 내게 파스텔 색조의 추억을, 서로 나누고 사는 정과 가족의 화목을 남겼어요. 테라스에서 모두 같은 색 옷을 입고 돌계단에 선 엄마를 에워싸고 찍은 사진에서 그 분위기가 고스란히 묻어나요. 점심을 먹는 동안, 우리는 엄마가 가장 근사한 선물이라고 했던 그 앨범 속의 추억을 한 사람씩 차례차례로 이야기했어요. 정겹고 즐거운 세피아빛** 사연들. 실패한 잼, 찌그러진 자동차, 바닥에 엎어진 요리, 달아난 젖소, 뻔뻔하게도 출몰하는 쥐들. 흑백의 과거와 컬러의 현재가 뒤섞여 있는 우리의 추억들. 우리는 엄마를 둘러싸고 엄마를 위해 우리의 조바심

* 　오프화이트(off-white) : 거의 흰색으로 보일 만큼 밝은 색이지만 흰색과 약간의 차이가 나는 색.

** 　세피아(sepia)빛 : 검은색에 가까운 흑갈색. 빛바랜 흑백 사진의 색이기도 하다.

과 야속한 시간을 잠시 중지시켰어요. 우리의 불화와 이견을 잠시 잊었어요.

다음번 잔치는 엄마의 백 세 생일에나 열리겠지요.

인생이란 게 참 얄궂어요……. 엄마는 남자도 반려견도 거추장스러워 싫다고 했는데 인생의 막바지에는 남자와 개가 다 엄마 옆에 있네요. 그라탱 도피누아와 아시 파르망티에를 좋아하는 남자, 큰 소리로 짖는 데다 먹이를 주고 산책도 시켜야 하는 개. 예전에 내가 재혼 얘기를 꺼낼 때마다 어이없다는 듯 하늘을 쳐다보고 "얘, 지금 세상 편하고 좋다, 남자를 데려다 뭐에 쓰니?"라고 대꾸하던 엄마가 떠올라요. 7월의 이 밤, 엄마 옆에 앉은 나, 엄마 침대 위에 놓여 있던 아저씨의 편지가 새삼 눈에 선해요. 별처럼 반짝이던 엄마 눈, 엄마의 분홍색 잠옷, 고운 레이스, 저녁 공기가 찬데도 맨살이 드러나 있던 엄마 어깨가 내 눈앞에 보여요. 그리고 이 말이 들려요. "나한테 희한한 일이 일어났지 뭐니."

17년 전 일인데 바로 어제 같아요. 희한한 이야기가 어쩜 이리 빠르게 흘러왔는지, 마지막 페이지는 더욱더 그러네요.

간밤에 꿈을 꿨어요. 꿈에 나는 초등학생이었어요. 교실에 벽을 가득 메우는 기다란 흑판이 있었어요. 흑판에 가까이 가보니 눈금이 매겨진 금속 자와 좌우로 옮길 수 있는 커서가 보였어요. 그 위에 이름이 쓰여 있었어요. 엄마, 엄마의 이름이었어요. 커서의 위치는 자의 거의 오른쪽 끄트머리에 와 있었어요. 나는 그 자가 엄마의 수명을 의미한다는 것을, 커서의 현재 위치와 자의 끝부분 사이 몇 센티미터가 엄마에게 남아 있는 시간이라는 것을 알았어요. 2미터는 되는 자에서 이제 겨우 3~4센티미터밖에 남아 있지 않았지요. 나는 커서를 어떻게든 왼쪽으로 옮겨보려고 안간힘을 썼어요. 하지만 아무리 용을 써도 커서는 꿈쩍도 하지 않았지요. 나는 땀에 흠뻑 젖은 채 참담한 심정으로 꿈에서 깼어요.

갑자기 엄마가 돌아가실 날이 머지않았구나 깨달았어요. 남은 것은 고작해야 몇 센티미터, 그 이상은 결코 나아갈 수 없을 테지요.

엄마가 영원히 내 곁에 있을 줄 알았는데.

만성절을 지내고 나면 늘 그렇듯 엄마는 몽토방에 내려갔어요. 그리고 크리스마스를 우리와 보내기 위해 며칠 일정으로 다시 올라왔지요. 작년과 마찬가지로 우리는 엄마가 신경 쓸 일 없게끔 준비를 해두었어요. 아저씨도 이번 크리스마스는 따님 집에서 보내요. 오빠와 내가 상의해서, 오빠가 몽토방에 가서 엄마를 모셔 오고 나중에 우리 식구가 모셔다드리기로 했어요. 우리 식구는 신년 연휴는 미디 지방에서 보내기로 했고 몽토방에 잠깐 들러 엄마를 내려드릴 작정이었지요.

우리는 오전에 출발을 했어요. 어차피 먼 길이겠다, 아름다운 설경도 감상할 겸 중앙 산악 지대를 횡단해 가기로 했지요. 정오 즈음에 어느 외진 마을의 작은 식당에서 점심을 사 먹었어요. 이번만은, 어쩌면 처음 같은데, 엄마도 서둘러 몽토방으로 돌아갈 마음이 없어 보였어요. 엄마는 최근 들어 아저씨가 또 "많이 안 좋다"고 했어요. 치매도 심해지고, 귀는 거의 먹었고, 점점 더 아무것도 안 한다고요. 엄마는 그곳에 이미 엄마 나름의 삶이 있어요. 엄마는 친구들과 만나서 차를 마시거나, 카드놀이를 하거나, 영화관에 가요. 대형 스크린으로 볼쇼이 발레단 공연 실황을 보겠다고 툴루즈까지 다녀오기도 했지요. 아저씨는 그런 걸 다 따분하게 생각해요. 그냥 뜨뜻한 집에서 소파에 널브러져 신문을 읽거나 개를 쓰다듬으면서 시간을 보내지요. 아저씨도 가끔 열차를 타고 가야크까지 가기도 해요. 몽토방에서 50킬로미터 거리에 있는 그 소도시에 손자가 살거든요. 엄마는 아빠와 살 때처럼 각자의 방식으로 시간을 보내곤 해요. 아저씨와는 별개로, 엄마 자신을 위한 시간을 마련하지요. 엄마도 숨은 쉬어야 하니까. 숨이 막혀 죽을 것 같아서 그러는 거겠지요.

아저씨와 엄마의 나이 차이는 세 살이지만 하루하루 그 차이가 더 크게 벌어지는 것 같아요. 그렇긴 해도 엄마 역시 노인이잖아요. 기억력이 온전치 않고 추억은 갈가리 찢어지고 인내심마저 바닥난 남자 노인을 돌보는 것보다 더 힘든 일이 있을까요. 이제 아저씨는 엄마한테도, 일부러 그러는 건 아니지만, 꼬장꼬장하고 퉁명스럽게 말을 내뱉지요.

엄마와 아저씨는 서로 기운을 빼고 서로를 지치게 해요. 그게 함께 늙을 수 있는 운 좋은 이들의 숙명이에요. 그래도 엄마와 아저씨는 서로 너무 오래 떨어져 지내고 싶어 하진 않아요. 20여 년 전의 재회 이후, 다시는 이별이나 사별을 경험하고 싶지 않다는 두려움이 금세 치고 올라왔지요. 엄마는 나한테도 몇 번이나 말했어요. "내가 한 번 더 상실을 경험한다면 과연 살 수 있을지 모르겠어." 서로 사랑한다는 것은 언제가 될지 모를 이별을 무릅쓴다는 것이지요.

엄마가 많이 걱정돼요. 엄마의 건강이, 엄마의 몸과 정신이 얼마나 더 버틸 수 있을까 걱정스러워요. 엄마의 주름진 얼굴을 마주하고는 심란스러워 몇 번이나 물어봤어요. "엄마, 진짜 내려가고 싶어요? 엄마가 꼭 그러지 않아도 돼요." 그때마다 엄마는 꼭 그래야 해서가 아니라 엄마도 아저씨를 돌보는 편이 마음이 편하다고 했어요. 아저씨에게는 엄마가 필요하다고요. 엄마와 아저씨는 깊고도 단단한 서약으로 마지막 숨을 거두는 순간까지 서로에게 매여 있었어요. 엄마는 그 서약에 충실하기 원했어요.

우리가 도착한 시간과 거의 비슷한 시간에 아저씨도 손자와 함께 도착했어요. 플로베르와 발자크의 소설 속 풍경 같은 회색의 좁고 우울한 거리, 어느 큰 건물 앞에 차를 세웠어요. 12월 말의 습한 날은 몽토방이라는 도시를 구경하기에 좋은 때가 아니었을 거예요. 그자비에 아저씨는 컨디션이 좋지 않았어요. 감기에 걸렸고 "기관지염도 도졌다"고 했어요. 실제로 아저씨는 기침을 주체하지 못했지요. 아저씨는 우리에게(엄마에게도) 균이 옮을까 봐 재빨리 인사만 하고 외투와 머플러를 벗지도 않은 채 책상 앞에 앉아 담뱃불을 붙이고 우편물을 살펴보기 시작했어요. 봉투 하나하나를 페이퍼나이프로 정성껏 뜯었어요. 아저씨는 엄마가 뭔가 물어볼 때마다 손을 귀에 갖다 대고 반문했어요. "방금 뭐라고 했소?" 그러고는 손수건으로 코를 세게 풀었지요. 엄마는 꾹 참고 다시 한번 물었지만 이번에도 엄마 목소리는 가닿지 않았어요. "뭐라는지 안 들려요……." 아저씨는 짜증스럽게 대꾸하고는 다시 우편물과 손수건으로 시선을 돌렸어요.

엄마는 우리에게 차를 마시자고 했어요. 나는 주방으로 엄마를 따라 들어갔어요. 큼직한 오렌지색 꽃무늬가 들어간 벽지가 많이 낡아 있었어요. 엄마는 다관과 다르질링 차 상자를 준비하면서 나에게 찻잔 세트가 들어 있는 포마이카 장을 가리켰어요. 찻잔은 자주 쓰지 않는지 선반에 끈끈하게 들러붙어 있었어요. 나는 찻잔을 새로 씻고 물기를 닦아 눅눅해진 비스킷 몇 조각과 함께 쟁반에 준비했어요.

우리는 거실에 자리를 잡았어요. 널찍하고 고풍스러운 거실은 왁스 칠을 한 마룻바닥의 냄새, 옛날 냄새가 났어요. 소파, 서랍장, 벽, 몰딩, 선조들의 초상화, 그 모든 것이 비록 낡고 닳

왔지만 옛 프랑스의 멋을 풍겼어요.

엄마는 아저씨에게 차를 가져다줬어요. 아저씨는 여전히 외투를 껴입은 채 신문만 보고 있었어요. 책상에서 꿈쩍도 하지 않는 아저씨는 더는 정정해 보이지 않았어요.

현관에서 덩치 큰 보일러가 털털 소리를 냈어요. "옛날 집은 다 저랬어요." 우리가 보일러 소리에 놀라자 아저씨가 말했어요. 우리는 엄마 짐을 방으로 옮겨드렸어요. 정원이 보이는 예쁜 방은 해가 잘 드는 날 특히 쾌적할 것 같았어요. 계단이 너무 좁아서 시야 확보가 안 되고 난간이 흔들렸어요. 엄마는 걸핏하면 넘어지고 떨어지는 사람인데 지금까지 이 계단을 오르내리면서 다리나 대퇴부 골절 사고 없이 지내온 것만도 다행이다 싶었어요.

오후가 끝나갈 무렵, 우리는 다시 길을 떠나야 했어요. 일주일 내내 비어 있어서 썰렁하고 어두운 그 집에, 더구나 몸이 성치 않고 성미도 까다로운 노인 옆에 엄마를 두고 떠나려니 발길이 떨어지지 않았어요. 엄마가 우리를 안심시켰어요. 괜찮을 거야. 엄마가 알아서 할게. 엄마가 챙길게. 몸만 괜찮아지면 다 좋아질 거야. 나는 엄마 말을 믿고 싶었어요.

겨울이 겨울 같지 않은 미디 지방에서 엄마를 생각했어요. 눈도 없고, 촛불로만 밝혀놓은 작은 로마네스크 교회도 없으니 도무지 크리스마스 같지 않네요. 엄마를 그 잿빛의 크고 쓸쓸한 집에 두고 오기가 정말 싫었어요. 그냥 우리의 여정 끝까지 엄마를 모시고 올걸 그랬다 후회가 돼요.

우리가 엄마를 남겨둔 그곳에도 여정의 끝이 있었어요. 엄마와 아저씨의 여정의 끝. 아저씨가 조금 앞서갈 뿐, 두 분은 늘 함께 그 길을 걸어왔어요. 나는 엄마 집 오솔길을 나란히 걸어가는 두 분의 모습이 떠올라요. 느릿느릿, 젖은 땅에 지팡이를 내짚으면서 구부정하게 걸어가는 모습이. 이제 아저씨는 걸음이 느려졌어요. 아저씨는 한 발 한 발 천천히 내딛지요. 엄마는 여전히 종종걸음을 치고, 아저씨의 낡은 주방에서 바쁘게 일하고, 집을 건사하고, 저녁마다 다음 날 아침에 먹을 엄마 자신의 약과 아저씨의 약을 식탁에 준비해놓고 아저씨가 그 약을 잊지 않고 복용하는지 확인해요. 세월이 엄마의 기억력은 그렇게까지 게걸스럽게 파먹지 않았기 때문에 엄마는 그럭저럭 버텨요. 엄마는 아저씨를 돌볼 수 있고 아저씨의 부족함을 메워주고 아저씨의 어긋난 기억을 바로잡아줄 수 있어요. 하지만 이게 얼마나 더 갈 수 있을까요?

남자 심리상담사의 말이 또다시 귓전에 울리는 것 같아요. "당신 어머니가 살면 얼마나 사시겠어요." 아저씨가 먼저 가시는 게 낫겠지만 그러고 나면 엄마는 아저씨 없이 어떻게 살까요? 죽지 못해 사는 것밖에 더 되겠어요?

나는 다정함을 다시 배워야 할 때가 왔다는 생각이 들었어요. 나 자신과 나의 자잘한 근심들을 조금은 잊고 엄마를 보살펴야겠다, 얼마 남지 않은 엄마의 행복을 나의 행복보다 먼저 생각해야겠다. 나의 행복은 생이 계속되는 한 꾸려나갈 시간이 있지만 엄마의 행복은 그렇지 않으니까요. 그리고 엄마를 챙긴다는 것은 아저씨를 챙긴다는 뜻이기도 해요. 엄마가 끝까지 사랑하기로 선택한 사람이니 나도 마음을 써야지요. 그래서 나는 스스로 다짐했어요. 아저씨가 다음번에 엄마 집에 머물 때는 ── 매년 봄이 오면 아저씨는 엄마 집에 와서 지내지요 ── 나도 며칠 같이 지내면서 챙겨드리려고요. 아저씨에게 관심을 보이고, 전쟁에 대해서도 여쭤보고, 대령까지 올라갔는데 갑자기 전역을 하신 이유도 여쭤보고, 엄마네 가족이 떠받드는 드골 장군을 아저씨가 좋게 보지 않는 이유도 알고 싶어요. 지금까지는 별 관심이 없었지만 내가 조금만 호기심을 드러내면 흥미로운 이야기를 듣게 될지도 모르지요. 아저씨가 엄마의 사소한 말과 행동에도 웃음을 터뜨릴 때, 나도 기막혀하는 대신 시원하게 같이 웃을까 봐요. 아저씨가 똑같은 질문을 열 번 해도 열 번 다 처음 듣는 척 대답할 거예요. 나는 인내심과 너그러움을 배울 거예요.

그렇게까지 어려운 일은 아님을 나는 깨닫게 될 거예요. 더는 아저씨가 아빠의 자리를 가로챘다고 못마땅해하지 않을 거예요. 오히려 아저씨가 차지한 자리 —— 엄마 인생의 마지막 남자 —— 가 아빠의 자리가 아님을 보지 못했던 나 자신을 책망할 거예요. 하나의 사랑을 다른 사랑으로 대신할 수는 없어요. 나는 왜 이걸 깨닫기까지 20여 년이나 걸렸을까요?

드디어, 엄마가 몇 년 전에 보낸 네 페이지의 편지를 마주할 준비가 됐어요. 나는 그 편지를 읽고 싶지 않았어요. 오래전 엄마가 신부님의 "축복"이라고 일컬었던 그 일에 대해서 더 자세히 알고 싶지 않았으니까요. 엄마가 이 편지를 내게 보내고 내가 읽기를 바란 건, 두 분 인생의 잊을 수 없는 순간을 나누고 싶다는 엄마 나름의 표현이었어요. 엄마는 내가 상처를 받을까봐 그 순간에 대해서 허심탄회하게 말할 수가 없었어요.

첫 장 맨 위에 사제는 성경 본문 출처 두 개를 적어두었어요. 하나는 「이사야」 66장 10~14절, 다른 하나는 「루카의 복음서」 11장 1~3절인데 나는 그 내용은 몰라요. 굳이 찾아보지는 않을래요. 그다음에 몽토방 인근의 어느 수도원에서 신부님이 카르멜회 수녀 두 명을 증인으로 세우고 엄마와 아저씨에게 해주셨다는 말씀의 원고가 있었어요.

이 두 독서는 우리를 향한 하느님의 사랑이 아버지의 사랑이자 어머니의 사랑임을 보여줍니다.

아버지의 사랑은 자녀의 삶에 필요한 모든 것에 마음을 씁니다. 그 사랑은 자녀를 아무것도 모르는 어린애 취급하지 않고 스스로 자유롭게 행동할 수 있도록 성령의 에너지를 불어넣어줍니다.

어머니의 사랑은 위로와 평화를 줍니다. 우리를 살게 하는 온정을 베풉니다.

성 삼위일체에서 성령은 곧잘 성부와 성자가 나누는 애정 어린 입맞춤에 비교되곤 합니다. 성령은 애정 그 자체입니다. 이사야는 그러한 애정을 아기에게 젖을 물리는 여인의 모습으로 묘사합니다. 중세 그림 속의 성모들처럼 아기를 무릎에 올려놓고 한껏 귀여워하는 모습, 애정에서 우러나는 행동으로요. 우리의 하느님은 사랑의 신이요, 애정이 넘치는 신입니다.

하느님의 애정이 남녀의 사랑을 통하여 인간적으로 드러난다는 것, 이는 결코 혼배 성사에서 사소한 부분이 아닙니다.

이 애정은 남자와 여자에게서 서로 다른 방식으로 표현되고 세월의 흐름에 따라서 또 다른 방식으로 표현됩니다. 그렇지만 애정이 어느 한 성별에 국한되지는 않으며 나이를 따지지도 않습니다. 우리는 어릴 적 요람에서부터 죽음의 땅에 다다르는 그 순간까지 항상 타인의 눈에서 이 애정을 구하지요.

그런데 애정이란 뭘까요?

'상처 입은 새'를 손으로 안아 올리듯 조심스럽게 소중한 사람의 손을 잡을 때, 나는 무엇을 합니까? 내가 느끼는 것은 무엇입니까?

가슴이 벅차오르고 두근거리는 느낌, 그 약동이 나를 타인에게 향하게 합니다. 내가 느끼는 것은 개방성, 내 안의 확장입니다. 나는 나보다 더 큰 무엇에 녹아드는 기분이 듭니다.

애정 어린 몸짓을 할 때는 자기 것을 챙기고 타인을 이용하는 습관이 잠시 사라지지요. 그런 것과 비슷합니다. 마치 우리의 심장이 녹아내리고 모든 두려움과 방어 기제가 사라져버리는 것처럼요.

애정 어린 몸짓을 할 때는 상반되는 두 운동이 긴장을 빚어냅니다. 가까이 다가가고자 하는 심장의 약동이 있는 동시에, 너무 성급하거나 과격한 몸짓에 상대가 상처 입지 않을까 하는 조심스러운 자제가 있지요. 존중과 부드러움에서 이러한 자제가 빚어집니다. 이 '사랑의 거리'가 애정의 영적 기준입니다.

실제로 애정에는 뭔가 영적인 면이 있지요. '사랑의 거리'를 유지하면서 상대에게 다가간다는 것은 심오한 존재의 신비로운 경계를 존중한다는 뜻이지요. 자신을 열고, 자신을 내어주고, 빛나고, 자기 자신이 될 가능성이 존재에게 주어진다는 뜻이고요.

그렇기 때문에 다정한 몸짓, 다정한 시선은 실제로 사람을 변화시킬 수 있습니다. 이러한 의미에서 애정은 창조적입니다.

우리는 애정을 기울임으로써 자기를 잊고, 타인을 위해 자기를 지우며, 경이를 발견합니다. 그래서 애정은 일종의 모성적 관조입니다. 애정을 담아 소중한 사람을 바라본다는 것은 자기 영혼을 닿을 듯 말 듯 한없이 섬세하게 상대의 영혼에 포개는 것과도 같습니다. 가장 순수한 인간의 정은 단순한 손짓을 '영혼의 어루만짐'으로 변모시킵니다.

그렇지만 애정은 우리가 흔히 생각하듯 나긋나긋한 것이 아닙니다. 그리스어로 '애정'은 '스토르게(storgé)'라고 하는데 이 단어의 어근 '스테르(ster)'는 '단단한'이라는 뜻을 지니고 있습니다. 애정은 단단한 것입니다. 애정은 굳건하게 지지합니다. 사랑의 에너지는 흔들리지 않고 줄기차게 만듭니다. 애정은 상대를 약하게 만드는 나긋나긋함이 아닙니다. 애정은 살과 살을 맞대고, 영혼과 영혼을 맞대고, 존재와 존재를 맞대고 전해지는 내면의 창조적인 힘입니다.

애정의 기운찬 면모는 힘을 줍니다. 애정은 상대가 일어설 수 있도록 돕습니다. 애정은 인생의 시련과 자신의 실패를 마주하면서도 쓰러지지 않게 합니다.

여러분이 이 잠깐의 성사(聖事)를 통해 주님이 여러분에게 마련하신 이 애정의 은총을 받을 수 있고 드러낼 수 있기를 진심으로 기원합니다.

엄마와 아저씨를 맺어준 신부님이 선택한 이 말씀 중에서 "애정은 상대가 일어설 수 있도록 돕습니다"라는 구절이 내 마음에 남았어요.

아저씨가 자기 방 침대와 탁자 사이에 쓰러진 채 발견되었어요. 다섯 번째 세르피코가 아저씨를 발견하고 한밤중부터 쉬지 않고 짖어댔다지요. 아침 일곱 시에 '임차인' 중 한 명이 내려와서 아저씨를 발견했어요.

엄마는 주말에 내려갈 예정이었어요. 우리는 엄마 집에서 크리스마스를 함께 보냈고 아저씨는 엄마가 돌아오기를 기다리고 있었지요. 작년에 우리가 몽토방까지 엄마를 모셔다드린 후로, 엄마는 그곳으로 내려가는 발걸음이 내키지 않는 것 같았어요. 엄마도 너무 지쳤거든요. 더는 못하겠다는 생각이 들었거든요. 아저씨도 눈치챘을까요? 아저씨는 엄마를 편하게 해주고 싶었을까요? 놓아주고 싶었을까요?

엄마는 다음 날 아저씨 딸 전화를 받고 바로 출발했어요. 오빠와 올케가 엄마를 차로 모셔다드렸지요. 엄마는 짐을 쌀 필요가 없었어요. 엄마 물건은 거기에 다 있었으니까요.

장례식은 페이에서 열렸어요. 나는 당일치기로 다녀왔어요. 파리에서 혼자 아침 일찍 열차를 타고 내려갔다가 그날 저녁 돌아왔어요. 조문객은 많지 않았어요. 우리 식구는 엄마와 나, 오빠와 올케, 이렇게 넷뿐이었지요. 좀 춥긴 했지만 장례식은 아름답게 잘 치렀어요. 그날, 랑드의 어느 마을 교회에서, 아저씨 손녀가 부르는 카치니의 「아베 마리아」를 처음 들었어요. 아저씨 딸들, 손자 한 명, 조카딸 한 명이 차례차례 단상에 올라 그자비에 아저씨에게 마지막 인사를 올렸어요. 그들은 모두 엄마를 잊지 않고 언급했어요. 엄마는 "마마치카" 소리가 나올 때마다 흠칫 놀랐다가 이내 얌전하게 머리를 끄덕거렸어요. 그들의 추도사를 들으면서 두 분의 생일잔치 때 우리가 한 말이 기억났어요. 사실, 추억을 되새기는 말이라는 점에서는 다르지 않았어요. 불을 다 끄고 하얀 롤스크린에 사진을 띄우지 않았을 뿐이지요.

나는 묘지까지 엄마와 함께 갔어요. 엄마는 검은 모직 코트 차림으로 내 팔에 매달린 채, 마지막으로 아저씨와 나란히 걸어갔어요. 장례식을 치르는 그날은 비가 왔어요. 남부의 굵은 빗방울이 우산을 요란하게 때렸지요. 나는 흙으로 관을 덮고 장례를 마칠 때까지 기다릴 수 없었어요. 기도가 예정되어 있었지만 파리행 열차를 놓칠까 봐 애가 탔어요. 비에 쫄딱 젖고 지친 몸으로 겨우 열차에 몸을 실었어요. 닥스에서 스르르 잠이 들었다가 깨어보니 몽파르나스였어요. 이상한 하루였어요. 세르피코는 어떻게 될까 생각이 들었어요.

엄마는 아저씨가 가고 3년을 더 살았어요.

아저씨가 세상을 떠난 후 엄마는 조금씩 사라져갔어요. 아주 천천히, 내가 더는 엄마를 따라잡을 수 없는 곳으로 떠나버렸지요. 엄마 발은 아직 땅에 붙어 있었지만 정신은 차츰 하늘의 부름을 받은 듯 날아갔어요. 귀도 이제 잘 안 들리고 눈도 슬슬 엄마를 가지고 놀기 시작했어요. 브리지 게임 귀신인 엄마가 클로버와 스페이드를 헷갈리고 스크래블 게임을 하면서 I와 L을 혼동하다니요……. 엄마는 여전히 인생을 사랑했지만 아무래도 예전 같을 순 없었어요. 나한테도 "의욕이 통 안 생기는구나"라고 말하곤 했지요. 엄마는 여전히 엄마의 집, 엄마의 시골, 엄마의 가족을 사랑했지만 예전처럼은 아니었어요. 아저씨는 엄마의 일부를 가져갔어요. 하지만 엄마는 아직 죽고 싶지 않았어요. 때가 됐다고 느끼기는 했지만, 이제 곧 아흔일곱

이니 살 만큼 살았다고 생각했지만요. 엄마는 다음번 여행을 아주 천천히 조금씩 준비했어요. 엄마는 이제 완전히 여기 있는 게 아니었어요. 정신은 자꾸 딴 세상에 가고, 시선은 멍하니 오로지 엄마 눈에만 보이는 어떤 지평에 가 있었어요. 일 층 난롯가의 작은 책상 앞에서 엄마는 십자말풀이를 들여다보다가 연필을 떨어뜨리고 안락의자의 푹신한 등받이에 고개를 기대어 눈을 감곤 했어요.

엄마는 10월의 그 수요일에 영원한 여행을 떠나기 전 우리를 생각했어요. 엄마는 설거지도 다 해놓고 주방을 말끔하게 정리해두었지요. 오빠가 저녁을 먹으러 올 거라고 말해두었거든요. 엄마는 오빠가 먹을 버섯 파이를 오븐에 넣어두고 참소리쟁이 수프를 한 솥 가득 끓여놓았어요. 냉동실도 호박 그라탱, 속을 채운 토마토, 달콤짭조름한 파이, 케이크, 생선, 고기로 미어터질 지경이었어요. 몇 주는 냉장고만 파먹고 살아도 될 것 같았어요. 엄마는 자식, 손주, 증손주가 엄마의 마지막 여행을 배웅하러 이 집에 모일 때 무엇 하나 모자라지 않기를 바랐겠지요.

"저세상이 있다면 내 집보다는 거기에 친구가 더 많이 있을걸요." 벤 마쥐에의 노래 가사예요. 실제로 엄마의 친구분들은 이제 다 저세상 사람이 되었지요. 하늘나라에는 엄마 친구가 많아요. 그분들은 엄마를 무척 오래 기다렸을 거예요. 엄마는 친정 부모님 로제와 이본을 만날 거예요. 엄마 친구 미슈와 뤼세트가 브리지 게임을 준비하고 있겠지요. 엄마의 사촌 언니 위게트와 니콜이 까르르 웃음을 터뜨려요. 엄마의 막냇동생 루이는 자기가 쓴 시를 얼른 읽어주고 싶어서 마음이 급해요. 당연히 엄마 인생의 두 남자가 거기에 있어요. 아빠는 엄마를 26년이나 기다려왔을 텐데 우리 모두 아빠가 인내심과 거리가 멀다는 거 알잖아요. 그리고 엄마의 첫사랑이자 마지막 사랑 그자비에 아저씨도 기다려왔을 거예요. 아빠와 아저씨는 안면을 틀 시간이 충분했을 거예요. 같이 전쟁 이야기도 하고, 무엇보다 엄마 이야기를 했을 거예요. 엄마를 참 많이 사랑했던 두 남자니까요.

아빠, 아저씨, 엄마는 비슷한 방식으로 세상을 떠났어요. 그냥 어느 날 심장이 멈추었어요. 아빠는 새벽에, 엄마는 한낮에, 아저씨는 한밤중에요. 세 분 모두 오래 고생하지 않고 24시간 안에 숨을 거두었지요. 숨을 거둔 장소도 비슷해요. 다들 자기 집에서, 자기 방에서, 침대와 멀지 않은 곳에서 세상을 떠났어요. 아빠는 구리 침대 위에서 숨을 거두셨고, 엄마는 그 침대 옆에서 쓰러져 돌아가셨지요. 아저씨는 자기 침대 발치에서 쓰러진 채 발견됐고요.

드디어 세 분이 모였네요. 그 나라에선 누가 다른 사람의 자리를 차지할 일이 없어요. 엄마의 첫 번째 남편과 두 번째 남편은 영원히 엄마 곁에 있을 거예요.

다시 만난 사랑

초판 1쇄 인쇄 2024년 1월 17일
초판 1쇄 발행 2024년 1월 25일

지은이 베로니크 드 뷔르
옮긴이 이세진
펴낸이 이종호
편 집 김미숙
디자인 씨오디
발행처 청미출판사
출판등록 2015년 2월 2일 제2015-000040호
주 소 서울시 마포구 토정로 158, 103-1403
전 화 02-379-0377
팩 스 0505-300-0377
전자우편 cheongmipub@daum.net
블로그 blog.naver.com/cheongmipub
페이스북 www.facebook.com/cheongmipub
인스타그램 www.instagram.com/cheongmipublishing

ISBN 979-11-89134-37-2 03860

* 책값은 뒤표지에 있습니다.